中国多民族作家作品系列

石一宁 主编

石才夫 著

新时代颂

——石才夫朗诵诗选

Gvangjsih Minzcuz Cuzbanjse
广西民族出版社

作者简介

石才夫,壮族,笔名拓夫,广西来宾人,作家、诗人,中国作家协会会员、第九届全委委员。现任广西壮族自治区文联党组成员、副主席,历任《海外星云》报社编辑部主任、副总编辑,广西壮族自治区党委宣传部文艺处处长,广西对外文化传播中心主任(兼)。诗歌作品发表于《民族文学》《作家》《花城》《星星诗刊》《诗刊》《光明日报》《中国艺术报》等报刊;先后出版《坐看云起》《天下来宾》《以水流的姿势》《八桂颂》《流水笺》等著作,其中散文随笔集《坐看云起》获第三届广西少数民族文学创作"花山奖",《八桂颂》获第八届广西文艺创作铜鼓奖。

序言

孜孜不倦的时代歌者

容本镇

石才夫创作的诗歌主要有两种类型：一类简约质朴、内敛含蓄，诗集《以水流的姿势》《流水笺》中的许多作品即属于这一类；另一类激越豪放、气象恢弘，这类诗作主要收录在《八桂颂》《新时代颂》两部诗集中。两种类型的诗歌，两种完全不同的创作风格，竟奇妙而和谐地融合在一个人身上，可谓是"红牙板"与"铜琵琶"的有趣组合，是晓风残月与大江东去的韵律和鸣，颇能体现出诗人开合有度、收放自如的思维格局和吐纳风云的胸襟气质。

《新时代颂》是石才夫的第四部诗集，收录的作品绝大部分是朗诵诗或主题性作品。这些作品除了曾在媒体公开发表，还在各种活动或广播电视节目中朗诵过，其中有的诗还产生了广泛的影响。

石才夫的朗诵诗创作可追溯到其大学时期。在校读书期间，他就是一位活跃的校园诗人。1988年大学毕业前夕，他创作的诗歌《明天我们毕业》，被选为全校毕业晚会的朗诵节目。即将告别母校，令人依恋感伤又对未来满怀憧憬。当演员们声情并茂地朗诵《明天我们毕业》时，他们的声音和伴奏音乐的旋律回荡在大礼堂。台下座无虚席，年轻学子们的心弦被深深打动了，有人竟然泪流满面。我当时是广西民族学院（今广西民族大学）中文系的一名青年教师，得以见证了演出时的动人情景，内心也受到了强烈感染。此后数年，这首朗诵诗不仅成为石才夫母校毕业晚会的保留节目，而且成为许多高校毕业晚会必选的节目，直到现在，仍有人在各种文艺晚会上朗诵它。2009年，《明天我们毕业》被当作经典收入上海百家出版社出版的《中国朗诵诗经典》一书。

或许是冥冥中的一种预兆，在后来的岁月里，朗诵诗创作竟成为石才夫创作生涯的主线之一。每逢一些重大节日、重要时间节点或发生重要事件等，他都会创作出主题鲜明、境界高远、激情飞扬的诗作。石才夫的朗诵诗写作获得了文艺界和社会的肯定，为他带来了声誉。他得到了许多重要活动的策划者、组织者和重要文艺晚会导演的青睐，常常被邀请创作主题朗诵诗，如《旗帜》《新时代颂》《我邀明月颂中华》《千秋百年——献给中国共产党成立100周年》《歌唱祖国——献给中华人民共和国成立 60 周年》《奔——献给广西壮族自治区成立 50 周年》《山河铭记——献给百色起义、龙州起义 80 周年》等。对祖国山川风物和美丽壮乡的咏唱，对英雄人物和英模群体的讴歌等，也成为石才夫诗歌创作的重要主题和题材，如《壮美广西新时代》《八桂颂》《南宁颂》《桂林谣》《北部湾放歌》《那个人》《您还在——悼袁隆平》《一滴水回到河流——悼黄文秀》《芳华路上——致敬张华同志》《忠诚颂》《因为有你》等。

朗诵诗是最适宜用于表达强烈情感和直抒胸臆的艺术形式之一。石才夫对朗诵诗创作是有自己独到见解和深刻体会的，他认为："好的朗诵诗，首先得是一首好诗，具备好诗应该有的要素，既要主题鲜明，又要体现真情实感，有大河奔涌，也有静水深流。""现代诗如果要作为朗诵诗，则需要作者在写作时，顾及朗诵的特点，比如形象性、抒情性、语词的音韵节奏、句子的长短参差等。如果是为晚会或演出创作的朗诵诗，还要注意突出主题、融入节目整体等。"在石才夫看来，朗诵诗绝不是那些缺乏诗意、缺乏情感，空洞的"口号式"文字，而是一种具有自身写作要求、写作特点和鲜明艺术特色的诗歌样式，是诗歌家族中的重要成员。

从创作《明天我们毕业》至今，石才夫坚持朗诵诗创作已逾 30 年。他之所以能够持之以恒地耕耘于这一领域，孜孜不倦地为时代放歌，我以为既是时代使然，又有诗人自身强大的内在驱动力。

这种内在驱动力首先源自诗人对党的无比崇敬和对社会主义的坚定信念。100 年前，诞生于上海一栋小楼和嘉兴一艘游船上的中国共产党，开启了"开天辟地"的伟大征程。100年后的今天，中国共产党已成为创造了无数人间奇迹的世界上最大的执政党，成为全国各族人民坚强的领导核心，改变了近代中国积贫积弱、任人欺凌的悲惨命运，团结和带领中国人民实现了从站起来、富起来到强起来的历史性飞跃。对于这样一个伟大的政党，党的每一位成员都会满怀崇敬与自豪，石才夫也不例外。"漫漫长路，我们上下求索／茫茫星空，我们抬头仰望／沧海横流，中流砥柱／人民的选择给我们无穷的力量／霞飞天际，日出东方／人民的幸福是我们永远的理想／中国智慧，中国速度／中国自信，中国力量／最美的风景是海晏河清／最好的天气是惠风和畅／从此，东方巨轮开启新的征程／从此，美好未来激发新的畅想"（《新时代颂》）。这种大河奔流式的情感抒发，正是诗人内心世界的真实写照。

其次，这种内在驱动力源自诗人对中华民族优秀传统文化的高度自信。石才夫长期在宣传文化部门工作，尤其是多年在海内外闻名的《海外星云》报社从事编辑工作，丰富的阅历培养、练就了他开阔的国际性视野和突出的文化鉴赏能力。他越是对世界各地的文明和文化传统有较深入的认知和了解，越是深刻地认识到中华民族文化的源远流长和博大精深，越是对延绵不绝、坚忍不拔的中华民族精神怀有深深的敬意和高度自信。"五千年的文明血脉／一代代人的家国情缘／无数仁人志士，上下求索／绵绵文脉传承，汉瓦秦砖／精忠报国，九死不悔／边关射狼，大漠孤烟／忠厚传家，仁义长存江河水／诗书继世，风骨只在谈笑间"（《我邀明月颂中华》）。他常常穿越历史时空，从悠远深邃的历史深处寻找中华民族丰沛的精神源头，探究中华民族百折不挠的品格意志。"祖先结绳记事／记下一个古老中国／他们钻木取火／点亮巍巍群山、浩浩江河／他们尝百草，铸青铜／留下一个钢筋铁骨／堂堂正正的大中国"（《我写下的每一个字都是星火》）。在石才夫的许多诗作中，我们都可以强烈地感受到身为中华儿女的自豪与自信。

最后，这种内在驱动力源自诗人对祖国壮丽山河的挚爱之情。大凡诗人，没有不歌咏名山大川的，没有不赞美故乡故土的，但像石才夫这样几乎写遍八桂奇山秀水的诗人却不多见。高山峻岭、江河湖泊、海洋岛屿、田畴阡陌、城市乡村、厂矿学校等，都被石才夫剪裁入诗。他有一部诗集就叫《八桂颂》。在《新时代颂》这部诗集中，这一类题材的作品也占了相当比重。因"爱"而"颂"，石才夫把自己炽热深挚的情感化为时代旋律，融入了诗歌创作之中。

石才夫是一位有着鲜明创作主张和创作个性的诗人，他在朗诵诗领域的创作实践，凸显了其卓尔不凡、放歌时代的思想品格与艺术追求。他头脑清醒，立场坚定，明辨是非，不骑墙，不媚俗，不被各种思潮所迷惑。当有人在创作中有意无意地逃避现实、远离时代的时候，石才夫却义无反顾地投身到火热的现实生活和激情澎湃的时代洪流之中；当有人刻意躲避崇高、诋毁英雄的时候，他却高扬理想主义旗帜，高声赞美人民英雄和时代楷模；当有人别有用心地消解我们的历史、意图割断我们血脉根源的时候，他却锲而不舍地从中华民族的历史文脉中寻找精神力量；当有人觉得外国的月亮比中国的圆，甚至伴随着反华势力的节拍起舞的时候，他却堂堂正正、理直气壮地讴歌我们伟大的党和伟大的祖国。石才夫表现出了新时代诗人和文化工作管理者应有的胆识、担当和勇气。

2021年7月1日是中国共产党成立100周年纪念日，《新时代颂》的出版是为党的百年华诞献上的一份礼物。祈望石才夫笔耕不辍，歌喉不歇，在伟大的新时代里继续纵情歌唱。

是为序。

（容本镇，教授，中国写作学会副会长、广西文艺评论家协会主席、广西教育学院原党委书记。）

目录

微信扫描书中二维码

即可欣赏诗歌朗诵

时代颂歌

千秋百年

——献给中国共产党成立100周年

题记：

　　中国共产党立志于中华民族千秋伟业，百年恰是风华
正茂。

——习近平

　　　　世间万物，神秘莫过时间
　　　　谁也离不开，又谁都看不见
　　　　我们只看见钟表的刻度
　　　　听到指针走动的声音以及
　　　　河水奔流，树叶飘落
　　　　老人沧桑，孩子成长
　　　　但没有人能用语言准确描述出
　　　　岁月流逝的脚步

一年四季的容颜

比如，一千年是什么概念
比如，多久才是一百年

比如，1921 年 7 月 23 日
这是一个什么样的时间
一个旧的十九世纪过去了
新的二十世纪过去了二十年
上海望志路一栋二层小楼里
十三名来自中国各地的男子在这里汇聚
到 7 月 31 日，当嘉兴南湖的一艘游船上
被压低声调的《国际歌》歌声传出
一个此后逐渐影响整个世界的政党——
中国共产党正式诞生
后来的人们用"开天辟地"来形容这个事件
一位参会的湖南代表毛泽东后来说：
自从有了中国共产党，中国革命的面貌就焕然一新了
他和他的战友用二十八年的艰苦卓绝斗争

推翻了旧的世界
建立起一个崭新的人民政权

1949 年，这又是一个怎样的时间
地球的东方，一艘红色巨轮鸣笛启航——
中国人民从此站立起来了
时间仿佛停止，又仿佛加快了脚步
仿佛只是一瞬，又仿佛被无限拉长
一个民族复兴的梦想长出最初的翅膀
一个国家富强的理想开始了伟大实践
从此，时间的标注有了新的方位
这个时间，代表东经 120 度，北纬 39 度，
代表昆仑逶迤，日出东方
这个时间，每时每刻凝聚亿万人的目光

到了 1978 年，这个特殊的时间节点
中国共产党走过了五十七年的历程
它的缔造者中
有几位已经进入时间深处，成为永恒

另一部分人，则带领中国人民
开始新的长征
在改革开放的旗帜引领下
城市、乡村踏上"富起来"的征程
打开时间的卷轴，我们今天依然能看到
安徽凤阳小岗村率先联产承包的农民的红手印
以及广东沿海，当时还是渔村模样的
那个最初的深圳

1997 年，1999 年，中国人都不会忘记的时间
当五星红旗在香港会展中心缓缓升起
当《七子之歌》将澳门盛大的庆典点燃
喜悦的泪水盈满了多少人的双眼
高高的旗杆上，一面旗在升起
一面旗在降下
它们擦肩而过的时间
不到一秒
这一秒的时间里浓缩的
又何止千百年

2008 年 8 月 8 日，这是一个吉祥的时间
一座巨大的鸟巢
奇迹如期上演
多少梦想花开，多少拼搏容颜
绘就了一幅山水长卷
从 1932 年刘长春一个人的奥运
到 1984 年许海峰的第一块金牌
半个世纪的时光记忆
以光荣和梦想的方式
最终绽放于北京，2008 年的夏天

2012 年 11 月，北京的秋天格外清朗
中国共产党第十八次全国代表大会
让一个名字，点亮十三亿人的"中国梦"
他提醒八千多万名党员
不忘初心，牢记使命
他说，绿水青山就是金山银山
永远和人民在一起是我们的生命线
2017 年 10 月，依然作为特殊的时刻

被历史隆重标注
决胜全面建成小康社会
夺取新时代中国特色社会主义伟大胜利
人民大会堂的这个声音
成为新时代最响亮的号角
新征程最豪迈的鼓声
他用"我将无我，不负人民"
抒写赤子之心
他用匆匆的脚步
将神州大地走遍

时间最无情，最公正的也是时间
一百年是大江东去
一千年是沧海桑田
多少热血挥洒，换来春满人间
多少前赴后继，旗帜引领航船
多少惊涛骇浪，迎来风正帆悬
多少乱云飞渡，关山铭刻奉献
五千年的文明血脉永续

一百年的奋斗万山红遍

让我们铭记这个时间：2021 年 7 月 1 日
世界上最大的政党走过了光辉的一百年
十四亿人口的泱泱大国
又站在了一个崭新的起点
中国共产党立志于中华民族的千秋伟业
百年恰是风华正茂
这是"两个一百年"的历史交汇点上
这是世界百年未有之大变局中
最豪迈的中国宣言
时间不会停止，但岁月可以回望
过去的一百年
我们筚路蓝缕，披荆斩棘
未来的一百年，一千年
我们仍将居安思危，勇往直前

千秋百年，红旗漫卷
千秋百年，任重道远

千秋百年，风华正茂

千秋百年，中国梦圆

（2021 年 2 月 20 日）

在您的百年风华里，有我骄傲的盛开

那一年，也是风华正茂的年纪
我面对党旗把右手举起
光荣地加入中国共产党
把喜悦和责任放在心里
像一粒种子扎根沃土
像一滴水珠融入大海

从此，理想和信念像天空里的星星
只要有太阳就会发光
从此，青春和热血就是花朵
在最美的风华里盛开
那时的田野生长希望
那时的南方有大潮涌来
那时的壮乡
有一颗心始终向着北京

渴望奔跑
让生命焕发最绚丽的光彩

当大街上流行《一无所有》
我们曾高唱《让世界充满爱》
那时真的年轻啊
家乡刚刚解决了温饱
责任地里稻花香，甘蔗壮
城市里还没有那么多汽车
骑着自行车上班的人
仿佛一个家就在后座
往前踩，就是幸福未来

一直喜欢红色
既是霞光，也是火焰
是党旗上最纯粹的色彩
那把镰刀
是最熟悉的农具
可以收割稻谷

也可以用来砍柴

每次凝望

都百感交集，心潮澎湃

最丰硕的果实

有厚德的土地承载

远大理想的大门

靠忠诚和奉献推开

如果初心是最初的种子

那么树高千丈

就是回报土地的爱

如果信念是不熄的灯火

那么乘风破浪

就是最好的安排

有多少坎坷曲折

就有多少执着奋斗

有多少牺牲奉献

就有多少深情等待

一百年的时光是过去

也是现在

井冈山、瑞金、遵义、延安、西柏坡

每一处都是一首史诗

需要深情吟咏

那硝烟弥漫激情燃烧的年代

湘江北去

层林尽染

大河上下

诗情豪迈

当我们满怀自信

走进中国特色社会主义新时代

前辈的牺牲，烈士的鲜血

早已融入江河化作春雨

浇灌盛世繁花常开不败

每当举起右手重温誓词

那八十个字从胸腔里一一迸出

我都能看见它们

落到地上，钻进土里
长成山脉

胸怀中华民族千秋伟业
您的百年恰是风华正茂
今天是您的生日
我愿做一朵小小的苔花
骄傲地盛开
跟着您，就有磅礴伟力
融入您
就是巍巍昆仑
浩浩江海

（2021 年 4 月 20 日）

旗　帜

这是一面旗帜，鲜红的旗帜
铁锤镰刀的形象
铭刻着百年沧桑的印记
我们高举这一面旗帜
走过昨天，走过雪山草地
跋涉二万五千里
无数激情燃烧的岁月
把这面旗
浸染得如火如霞，如血如诗

这是一面旗帜，坚定的旗帜
改革开放的浪潮
把中国特色社会主义道路开辟
我们高举这一面旗帜
走过探索的岁月

创造了前所未有的辉煌业绩
红旗下的声音，传遍九百六十万平方公里的大地——
发展，才是硬道理

这是一面旗帜，飞扬的旗帜
继往开来的歌声
指引着东方神州
迈向共同的文明和富裕
我们高举这一面旗帜
证明着颠扑不破的真理——
抓住历史的机遇
全面建成小康，实现祖国统一
一切，都是为了最广大人民的根本利益

硝烟弥漫，烈士的鲜血浸透这一面旗
万马奔腾，建设的热潮中飞扬着这一面旗
与时俱进，小康的歌声里颂扬着这一面旗
这是光荣的旗帜
从举起的那一天起

就指引着我们从胜利走向胜利
这是胜利的旗帜
带领我们在新的世纪不断创造奇迹

没有旗帜
我们会失去方向
没有旗帜
我们就没有朝气蓬勃的形象
中国的天空，要飘扬中国的旗帜
中国的土地，要孕育新的崛起
一万年太久
只争朝夕
我们举起森林一般的手臂
我们挥动新时代创新的巨笔
让山河更加壮丽
让落后成为历史

漫漫的长路，有不倒的旗帜
奋进的征途，有人前仆后继

日月经天，江河行地
古老的土地上生长着崭新的神奇
旗帜告诉世界
旗帜昭示真理
我们一定会迎来——
中国人民全面小康的新时代

我们赞美你，鲜艳的旗帜
我们追随你，胜利的旗帜
经风雨磨砺
到浪尖搏击
朝着中华民族的伟大复兴
万众一心，团结奋起

（2011 年 7 月）

新时代颂

这个秋天注定不平常
新时代的钟声正式敲响
高天上白云流淌
昆仑逶迤，长河奔腾，大地丰饶
你的声音越过森林、稻田、麦浪
所有的树木挺起正直的脊梁
世界把目光聚焦东方

这个日子注定不平常
历史的坐标定格了中国方向
富强民主文明和谐美丽
一个目标凝聚起全民族的磅礴力量
回首往事，多少苦难辉煌
站起来，富起来，强起来
一步一个脚印

一年变一个模样

跟着你

我们走在大路上

这是一个崭新的时代

我们从来也没有像今天这样舒心欢畅

像江河在大地上奔流

像庄稼在享受阳光

像婴儿依偎在母亲怀抱

像大船扬帆

像勇士驰骋疆场

万里河山披上节日盛装

这是一个伟大的时代

十三亿人的脚步汇成最激越的交响

这是可爱的中国

红岩上红梅开的中国

鸽子在蓝天上飞翔的中国

在希望田野上的中国

这是秦风汉韵的中国
是魏晋风骨大写意的中国
是横平竖直堂堂正正的中国

这是一个美丽的时代
古老的神州焕发出从未有过的神采
绿水青山就是金山银山
蓝天白云就是最美的衣裳
这个民族热爱和平和阳光
这个时代大道通天，家园清朗
千年丝路再次唤醒
勤劳的人民西出阳关
友谊的巨轮驶向蓝色海洋

崭新的时代呼唤奋进的脚步
伟大的时代需要伟大的梦想
九万里风鹏正举
五千年岁月荣光
不忘初心，执着信仰

为人民谋幸福，为民族谋复兴
永远和人民在一起
我们的事业山高水长

漫漫长路，我们上下求索
茫茫星空，我们抬头仰望
沧海横流，中流砥柱
人民的选择给我们无穷的力量
霞飞天际，日出东方
人民的幸福是我们永远的理想
中国智慧，中国速度
中国自信，中国力量
最美的风景是海晏河清
最好的天气是惠风和畅

从此，东方巨轮开启新的征程
从此，美好未来激发新的畅想
这是江河最新的表情
这是山水最美的歌唱

酒已醇厚，花正飘香
追随你的旗帜
我们把坚定的身影
融入最新最美的远方

（2017年11月）

24

我邀明月颂中华

明月几时有
把酒问青天
中华复兴梦
今宵月正圆

君不见，黄河之水天上来
奔流到海不复回
君不见，神州万里风云起
江山代代出俊贤
茫茫长白林海，巍巍太行山巅
无数中华儿女，浴血捍卫家园
延安窑洞的不灭灯火，"进京赶考"的醒世恒言
一代伟人的声音沸腾了开国大典
中华民族昂首站起来，扬眉天地间

春江潮水连海平，海上明月共潮生
改革开放，奋发图强
"一国两制"，五十年不变
与时俱进，和谐发展
奥运梦圆，神舟飞天
继往开来的领路人
带领我们迈进中国特色社会主义的春天

海上生明月，天涯共此时
中华民族伟大复兴中国梦
引领我们不忘初心，奋勇向前
"八项规定""两个一百年"
"五位一体""四个全面"
以习近平同志为核心的党中央
带领我们站在新的历史起点
谱写中国特色社会主义的崭新诗篇

多少次举头望月
多少次把酒问天

五千年的文明血脉

一代代人的家国情缘

无数仁人志士，上下求索

绵绵文脉传承，汉瓦秦砖

精忠报国，九死不悔

边关射狼，大漠孤烟

忠厚传家，仁义长存江河水

诗书继世，风骨只在谈笑间

江山入画图，南疆月正圆

苍苍森八桂，心远地不偏

行遍天下，何处是人间胜景

壮美广西，最爱这山水家园

"三大生态""两个建成"

幸福蓝图绘就

"一带一路"，千秋大计

共庆河清海晏

这一刻，华灯炫彩，月华如练

这一刻，秋高气爽，瓜果香甜
这一刻，朗朗神州，风清气正
这一刻，泱泱中华，大道通天
我邀明月

　　我邀明月

　　　　祝福我们伟大的祖国——
　　　　风调雨顺，天长地久
　　　　国泰民安，花好月圆

（2016 年 11 月）

换了人间

我看见
鹰飞过蓝天
泪划过笑脸
轮子压着白线
世界响彻中国语言

我看见
长空划过彩烟
大地耸起利剑
风中传来怒吼
一个地球的目光聚焦天安门前

屈辱的那一页被翻开
才过去了 70 年
离 100 年还有 30 年

离 1000 年还有 930 年

离永远还有永远

那一幕如在昨天

那个国家近在眼前

种下仇恨只能收获仇恨

种下白云才能收获蓝天

有什么能够化解一个民族的恩怨

那些河流一般奔涌的热血

每一滴都满含考验

我看见

鸽子飞出地平线

树是绿的

石头在安眠

土地和森林醒着

山脉睁着眼

昆仑生发的风

吹过海峡那边

这片叫做中华的土地
早已
换了人间

（2015 年 9 月 3 日，观纪念中国人民抗日战争暨世界反法西斯战争胜利 70 周年大阅兵有感）

歌唱祖国

——献给中华人民共和国成立60周年

让我们歌唱祖国

以一个共和国公民的名义

在今天，在这里

用最洪亮的嗓音

用山的挺拔

河的执着

海的宽阔

高声地

歌唱祖国

这首歌

屈原唱过

李白唱过

辛弃疾唱过

岳飞唱过

方志敏唱过

舒婷唱过

我们都唱过

但我们还是要唱

像小鸟歌唱大树

像小草歌唱太阳

像孩子

歌唱亲娘

我们用酒歌唱

让每一个音符

都散发着五谷的醇香

今天，是一个盛大的节日

怎能没有窖藏千年的佳酿

如何举杯

让山河

发出清脆的回响

今宵同醉

为的是普天同庆

华夏重光

我们用劳动歌唱

让每一支稻穗

都弯成最美的月亮

春播夏种

秋收冬藏

花落花开

寒来暑往

让每一寸土地

都能孕育丰收的希望

我们用团结歌唱

让每一面铜鼓都发出和谐的声响

壮汉苗瑶

回满侗藏

五十六个民族

五十六种花香

江南有丝竹

西北吼秦腔

千里万里

不离不弃

一个古老而又年轻的祖国

崛起在世界的东方

让我们歌唱吧

歌唱我们最亲最爱的祖国

牧童横笛

渔歌晚唱

丝路花雨

黄河长江

这是最宽最重的土地

最深最大的海洋

让我们歌唱吧

在今天，在这里
为我们伟大的祖国
放声歌唱

（2009 年 9 月）

放歌少年

我是少年，我是光
是枝头绿叶的清亮
是种子破土的渴望
是最新的日出
是最真的歌唱
是砥砺的新锋
是无畏的麦芒
少年强，则中国强

我是少年，我是风
是春天解冻的冰河
是溪流汇聚的大江
是废墟下不屈的歌声
是雨雾里雏燕的飞翔
是寒冬的温暖

是酷夏的清凉
少年强，则中国强

我是少年，我是梦
是国旗下的敬礼
是大地上的生长
是鲜花的娇艳
是小草的坚强
是母亲最深的牵挂
是祖国明天的脊梁
少年强，则中国强

谁的心里
没有过未来的畅想
谁的梦里
没有过花的芬芳
成长的岁月
我们需要温暖的阳光，自由的歌唱
五千年的文明传承

五千年的大国泱泱
兴亡匹夫系
少年当自强

（2009 年 5 月）

最美的星光

当风雨无情地撕打我们的行装
当暗夜冰冷地将星星埋藏
那一段熟悉的旋律会在心中回响
远去了的诗篇
黎明一般指引前进的方向

利剑出鞘
锋刃闪烁的一定是善的光芒
子弹上膛
枪口射出的一定是正义的力量
真的勇士，敢于直面淋漓的鲜血
也能够让鲜花盛开
鸟儿歌唱

大树挺立

靠的是根植大地，身躯正直
鹰飞蓝天
离不开驭风搏雨的矫健翅膀
善与恶，红与黑
是人生的一部大书
在忠诚与背叛之间
往往只隔一行

四季轮回
熙熙攘攘中有多少平凡的你来我往
日出日落
滋润心田的还有墨韵书香
仗剑天涯
男儿驰骋的岂止是疆场
圆梦八桂
护佑和谐的是我们最忠诚的力量

你是我的眼，我的梦想
你是我的爱，我的故乡

多少琴心剑胆

多少儿女情长

在人民需要的时候

我们会以立正的姿势

让公平和正义整齐列队

身似铁，志如钢

茫茫大海里

信念是我们永远屹立的灯塔

浩瀚夜空中

星星是永不熄灭的烛光

让我们遨游书海

让勇敢插上智慧的翅膀

让我们执着前行

头顶着万里苍穹最灿烂的星光

知者不惑，仁者不忧，勇者无惧

我们是不可战胜的力量

（2011 年 9 月）

壮美广西新时代

庆典的礼花仿佛还在天空绽放
欢乐的歌声仍在大地流淌
周山巍巍，千江奔流的八桂大地
又一次迎来了新时代的无限春光

壮乡春早啊，你看——
漓江两岸翠竹摇曳，红水河边牛铃叮当
北部湾畔春潮涌动，十万大山林涛蔗浪
这是八桂四季最美的季节
壮乡瑶寨披上节日盛装
这是美丽的广西
钟灵毓秀，天高日朗

您一定是那位老柳工
五十多年前从上海随厂来到广西

故乡记忆和奋斗年华已化作满头银霜
您就是那位来自天津的援边医生
乡亲们都记得您的口音
和眼镜背后透出的善良
如今的广西早已大变样
高铁动车飞驰在画一样的美景里
城乡处处，幸福像花儿开放
广西就是我的家呀，您说
这绿水青山，这村村寨寨
到处都那么温暖、敞亮

有些名字，我们一直记在心上
像一粒粒种子埋进土壤
比如刘三姐，她的歌声早已成为一个民族的宝藏
比如李宁，从享誉世界的"体操王子"
到驰骋商海的壮家儿郎
2008年北京奥运的火炬把多少激情点亮
还有韦焕能，一位淳朴的宜州农民
成了光荣的"改革先锋"

三十九年前他和村民的一次投票
无意中开启了中国农村基层群众自治的先河
还有你、我、他，各民族的兄弟姐妹
我们像石榴籽一般紧紧抱在一起——
同顶一片天，同耕一垌田
同饮一江水，同建一家园

还有另外一些名字
每一个也都凝聚着不平凡的时光——
高速公路，让距离不再遥远
高铁动车，给梦想插上翅膀
埌东、凤岭、五象新区
一幢幢高楼拔地而起
一个个小区让城市长高，变样
南宁的木棉朱瑾，桂林的银杏桂花
柳州春天的洋紫荆，贵港夏日的荷花
八桂大地到处开满鲜花

把壮锦捧起，这是祖先留下的最美宝藏

把铜鼓敲响，那是穿透时空的地老天荒
九口之家，情融五族
山水之间，再传佳话——
海防边关一起守
美好生活一起创
五彩文化一起赏
绿水青山一起养
一双巧手，是一片枝叶
一张笑脸，是一缕阳光
最美的歌声献给追梦的奋斗者
最真的心声是永远听党的话

天地有爱，梦想无疆
这崭新的时代万物生长
这幸福的时刻瓜果飘香
东方巨轮已开启新的征程
美好未来正激发新的畅想
建设壮美广西，共圆复兴梦想
五千万各族儿女昂首走在大路上

让我们举杯，让我们歌唱

祝福祖国万岁，感恩伟大的党

祝福八桂大地的明天

更加灿烂辉煌

（2019 年 1 月，为广西电视台春节联欢晚会而作）

奔

——献给广西壮族自治区成立 50 周年

新世纪的阳光普照
美丽的北部湾涌动春潮
五十年的光辉历程，五十年的岁月荣耀
五千万的各族儿女，五千万颗激动心跳
我们的心在奔跑，我们的血在燃烧
海变平了，我们用船的风帆奔跑
山变绿了，我们用鸟的翅膀奔跑
天变蓝了，我们用远望的目光奔跑

刘三姐用歌声奔跑
一个民族美好的爱情传遍天涯海角
桂林的美景用漓江水奔跑
一方水土纯净的境界将世界拥抱
红水河用光明奔跑

一座座水电的丰碑星光闪耀
北部湾用涛声奔跑
新世纪的蓝图壮阔美妙
左右江用激情奔跑
英雄的旗帜上高扬着"广西不得了"

儿女多情，山水多娇
美丽神奇是这片土地最新的注脚
猫儿山的莽莽林海，八角寨的丹霞地貌
圣堂山的五彩杜鹃，三娘湾的归帆夕照
德天瀑布的壮美咏叹，十万大山的蔗海松涛
青山绿水，白云在抱
今日八桂大地，风光如此妖娆

民族团结，百业盛兴
富裕文明和谐是八桂今日最响亮的口号
右江河谷，文明创建的旗帜在飘
南国铝都，一代伟人说平果铝要搞
北部湾开放开发

新世纪的海上丝路联接五湖四海
从山到海，巨轮牵引的目光
最终落在现代化港口如山的龙门吊

经济振兴，交通先导
从桂林到北海，从百色到梧州
高速公路纵横千里，城乡处处康庄大道
东巴凤大会战，平坦的柏油路越过高高的山坳
从此，老区大山里的梦想插上了翅膀
从壮乡到瑶寨，从钟鼓楼到风雨桥
最美的风景就是孩子们快乐的欢笑

盛世如歌，欢乐如潮
天琴奏响一个民族最执着的寻找
花山岩画是历史向未来发出的号召
千年的铜鼓，万代的相邀
绿城飞歌点燃和谐人居世界的骄傲
我们勇敢地奔跑，我们快乐地舞蹈
南国边陲已变成国际大通道

太平洋的雨，印度洋的风
奏响了北回归线腾飞的捷报

东方日出，南国春晓
中南海的阳光把壮乡温暖照耀
伟大领袖毛主席邕江横渡
巨大的鼓舞带领我们奋勇起跑
总设计师邓小平漓江畅游
磅礴的气势指引我们执着奔跑
第三代领导人瞩目广西
带领我们前进的旗帜是"三个代表"
南方严寒，冰雪未消
走进壮乡瑶寨，送来党中央温暖的是
总书记胡锦涛

我们奋力奔跑，我们尽情欢笑
我们是五十六个民族骨肉相连的同胞
我们理想远大，我们信仰崇高
我们有妈勒寻找太阳的火种

我们有科学发展观统领的智慧和骄傲

以大山为脊梁，再大的困难我们也不会弯腰

以大海为胸怀，再远的路途我们也不会停脚

五十年的光辉历程，五十年的岁月荣耀

五千万的各族儿女，五千万颗激动心跳

数风流人物，还看今朝

（2008 年 9 月）

山河铭记

—— 献给百色起义、龙州起义 80 周年

是这座青山吗

山头萦绕的已经不是硝烟

但我们都记得是这座山

山上有个洞，现在叫做列宁岩

那时，你说：

等革命胜利了

就在山上栽一片果树

芒果、荔枝、龙眼

让乡亲们都过上好日子

满地金黄的稻谷

等待丰收开镰

是这条江吗

江上驶过的已经不是小小的木船

但肯定就是这条江

江边有种树，叫做红棉

那时，你说

等打完了仗

一定要回到这里

捧一把江水

摸一摸木棉

满树的繁花啊

分明是战旗、是烈火、是信念

一年，两年，三年

十年，五十年，八十年

左江、右江、邕江

百色、龙州、东巴凤

青山不老，日月经天

一声惊雷，震醒壮乡瑶寨

一支队伍，来龙千里，勇往直前

我的前辈啊

你身上老旧的粗布军装

永远是老百姓手里的千针万线

还记得吗
给希望小学捐款的那位老共产党员
他从这里跨上战马
一走，就走成了永远
人们用最抒情的曲子
讲述春天的故事
他让中国的声音
成为地球上最坚定的语言

如果，可以留住时间
粤东会馆，一定会有一盏马灯
照亮昨天，星火燎原
如果，可以唤醒长眠
祖国南疆，一定会有一片森林
装点大地，万山红遍
我知道，大山知道
八十年的光荣岁月，八十年的风雨历练

伴随着新中国的沧桑巨变

百里右江河谷

早已旧貌换新颜

但大山铭记

江河铭记

一代又一代的中华儿女铭记——

百色城头的那一声枪响，右江船上那双年轻而坚定的眼

我们都将铭记——

幸福和平安来之不易

团结和富足来之不易

烈士的鲜血，先辈的遗愿

早已化为满山盛放的杜鹃

看吧，中国特色社会主义的旗帜

正高高飘扬在祖国的蓝天

听吧，第三代领导人的脚步

曾行走在壮乡瑶寨的美丽田园

科学发展观引领下的五千万八桂儿女

正用自己的勤劳和智慧
谱写富裕文明和谐新广西的时代诗篇

（2009 年 12 月）

忠诚颂

如果，可以选择季节

我愿意一年四季都是春天

如果，可以选择心情

我希望每一朵鲜花都是盛开的笑脸

如果，可以选择人生

我愿意陪伴母亲、爱人、孩子

为他们实现任何一个平凡的心愿

可是，我是警察

人民公安队伍里最普通的一员

为了春天的温暖

我们必须忍受冬的严寒，秋的寂寞，夏的酷炎

为了让每一个孩子都有花的笑脸

为了让每一位儿女都能陪在母亲的跟前

我们必须像大树一样坚守

像大海一样，用宽广和深厚
述说大爱无边

历史终将铭记
多难兴邦的 2008 年
南方大地的冰雪严寒
天府腹地八级强震下的汶川
万人瞩目的圣火传递
五十大庆的安保考验
人民不会忘记
危难中闪光的金盾辉映着一双双坚定的眼
千里大分流那一个个奔走的身影
又在地震的废墟中与死神抢夺时间
当北京奥运的圣火熊熊燃烧
当八桂大地欢庆的礼花绽放蓝天
老百姓的心里
人民警察就是守护安宁最可靠的中坚

新的时代要求，新的历史起点

科学发展观统领着我们一往无前
以人为本，执法为民，公平正义
崇高的使命注定让我们的人生写满奉献
寒夜里的坚守
让每一个善良的人安然入眠
节日里的分别
让每一颗团聚的心相依相恋
当风雨中那熟悉的歌声再次响起
母亲终于微笑，大地丰收开镰
任岁月峥嵘
少年壮志永不改变

山海之间，有江河最美的想念
寒暑之间，是你我不老的容颜
因为使命
祖国就是我头顶那一片最蓝的天
因为热爱
我把人民的期望记在心里，担在双肩
妈妈，请您原谅儿子的不孝

为了抢救更多的生命

我不能赶回见您最后一面

孩子，请你原谅爸爸的无情

不能陪你过生日是因为

要守护更多孩子快乐成长的生命线

亲爱的，请你相信

聚少离多让我们的心更加紧密相连

因为啊，我是警察

人民公安队伍里最普通的一员

如果，没有那一场山洪激流中的抢险

今天，你一定就坐在我们中间

如果，没有那一场大火里轰然倒下的屋檐

今晚，你一定还会翻看那本《老照片》

如果，没有那一颗罪恶的子弹

现在，你一定牵着爱人的手漫步在湖边

此时此刻啊，我知道

你已化作那一棵高大的木棉

身躯挺拔，花朵鲜艳

无惧风雨，不怕雷电

装点南疆大地，守护祖国春天

亲爱的妈妈

如果您看到有一颗星星在夜空闪亮

那就是我深情凝望的眼

亲爱的朋友

如果你感到有一缕春风吹拂你的脸

那就是我写满真诚的无声语言

亲爱的孩子

如果你真的在马路边捡到一分钱

希望你还把它交到警察叔叔手里边

亲爱的祖国

如果此刻正是您温暖祥和的春天

那就是我——一个人民警察

用忠诚铸就的最新最美的画卷

（2009 年 1 月，为广西公安武警春节电视晚会而作）

因为有你

再寒冷的时节，也有温暖的地方
再沉静的树林，也需要小鸟的歌唱
春去秋来，寒来暑往
车水马龙，都市山乡
大道两旁整齐的大树
山乡小河静静地流淌
分明是你
默默的坚守，深情的守望

这里是宜居的都市
这里是文明的壮乡
你的家里有妻子、儿女、爹娘
他们每天看着你出门，远行
偶尔在晚饭时分，看到你回家
总是一副幸福而又疲惫的模样

孩子上几年级你是知道的
但总是想不起班主任长的啥模样
父母的生日你也知道
但不知为什么
每一次，到了那一天
总是格外的忙

我是在马路上遇见你的
无论是晴是阴，是暴雨是骄阳
有一次是在火灾的新闻里
你从冒着浓烟的楼房窗口
探出身，扯下头上的呼吸器
罩在怀里那孩子的脸上
一夜之间，"浓烟哥"成了你另一个名字
仿佛当年大学晚会上
头顶着灿烂的星光

更多的时候，我看不到你
家人朋友也看不到你

但你在，我们都知道
马路知道，街灯知道
风知道，岁月知道
八桂大地知道——
有一种牺牲叫做奉献
有一种伟大叫做平凡
有一种忠诚叫做坚守
有一种执着叫做崇高

直到有一天
你突然发现，父母已经变老
皱纹也悄悄爬上了爱人的眼角
年幼的孩子，背着那么沉的书包
你想为他们做点什么
但他们总说：我们不需要
在你的护卫下，天下的老人平安喜乐
有情人相拥在温暖的怀抱
校园里孩子们奔跑、嬉闹
朗朗的书声连着欢笑

你一转身
仿佛一片绿叶回归枝头
仿佛一朵浪花融入波涛

国徽在上，你把头高高仰起
戎装在身，你一生充满骄傲
当忠诚融入血液，在身体里流淌
当为民作为宗旨，你把它举得高高
公正是一杆秤，你放在心里
廉洁是一面旗，永远不倒

啊，你是我的亲人
是高山流水，白云在抱
是明月清风，玉树芳草
是万家团圆最深情的歌声
是母亲儿女最坚实的依靠

你在，母亲睡得安宁
你在，孩子梦里也露出微笑

因为有你
大地四季鲜花，阳光普照
因为有你
家园一片温馨，瓜果香飘
今夜，就让我们举杯
向祖国致敬，向人民问好
时时刻刻，期待着出征的号角

因为有你
百姓康宁，岁月静好
因为有你
祖国平安，八桂春早

（2012 年 1 月，为广西公安武警春节文艺晚会暨广西首
届"我最喜爱的人民警察"颁奖典礼而作）

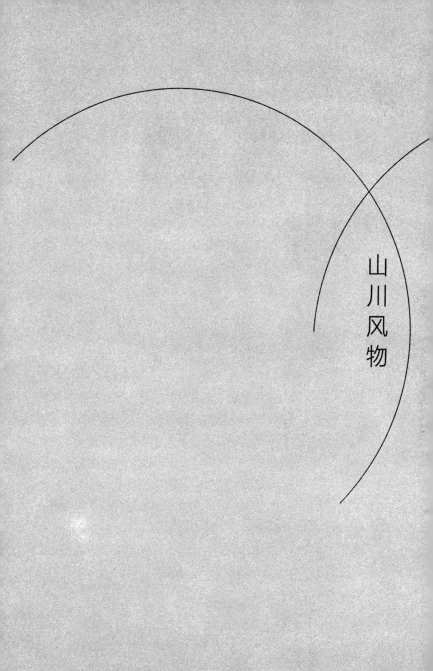

山川风物

加油　广西

一直以为，我熟悉你
就像熟悉我自己
二十三点七六万平方公里
十二个世居民族
五千多万各族兄弟姐妹
人文荟萃，山水雄奇
我曾经无数次
向远方到来的客人
这样介绍你

一直以为，我们就在一起
从来没有分离
生在红水河畔
长在北回归线的阳光下
唱刘三姐的歌

喝六堡镇的茶
每天早晚，都徜徉在南方
最美的光影里

直到有一天，我突然发现
我对你不再熟悉
驾车出行，新开通了那么多条高速公路
别说是去远方，连回老家
都要打开导航
不能依赖记忆

这时我才意识到
我面对的是一个全新的、陌生的你
海还是那片海
但涌动的已不是过去的潮汐
古老的海上丝路
融入了"一带一路"的时代主题

小时候居住的小区

老房子都拆了
一幢幢高楼拔地而起
上大学时的校园
变大了，变高了
就连图书馆，也用全新的面貌
留存我们的青春记忆

邕江两岸
更是陌生得让人怀疑
一座座大桥像彩虹飞架
一处处亭台如花园秀丽
两岸的杂乱仿佛一夜之间全部消失
取而代之的是蜿蜒百里的诗境画廊
美轮美奂，人水相宜

最神奇的，要数南宁的五象新区
林立的总部大厦
华美的艺术中心
博物馆、美术馆、展览馆

让一座城市的江南
变成一幅五彩画卷
抒写创造与传奇

过去我们常说
广西是个"老少边山穷"地区
但现在不同了
还是那个"老少边山"
但"穷"即将成为历史
脱贫攻坚的最后决胜
将宣告五千多万八桂儿女
和全国人民一道
奔向小康,迈向富裕

变了,都变了
壮家的米酒变得更醇了
瑶寨的夜晚亮起了一排排路灯
苗家姑娘的银饰更亮了
侗琵琶弹起新的乡村民谣

人也变了，第一书记的脸变黑了
摘掉贫困帽子的乡亲笑了
山区小学的孩子们变大方了
那个我原本熟悉的家乡
变成了一片全新的、陌生的土地

但再多的变化
也不能改变：我依然爱你
像变幻的时光
不能改变四季
那些刚刚过去的坚守、奋斗和牺牲
已化作青山
在我们的心里昂然挺立
这个伟大的时代
需要的是担当作为，潮头勇立
家在哪里
哪里就是最温暖的土地
爱在哪里
哪里就会生生不息

熟悉的地方没有风景

奋斗的人生最壮丽

让我们不忘初心，牢记使命

不负韶华，只争朝夕

加油，广西

（2020 年 2 月，为广西卫视春晚"壮乡春早"而作）

八桂颂

这是一个人的舞台
我的诗歌是一束柔光
被叫做红水河、左右江、北部湾
花山、猫儿山、大瑶山、十万大山的布景
写满脚印和歌声
山一幕，水一幕
花开一幕，乡愁一幕
流水和砂砾
坐在台下
看白云起舞

· 神秘花山 ·

没有人知道
花山是什么时候长成的
也没有人知道
山下的明江水要流到哪年哪月
自从有了太阳和月亮
那片叫做"那"的稻田里
就有了蛙声和歌声
高高的崖壁
是上天垂下的幕帘
祖先的劳作和嘱托
正好写在上面

从此春种秋收，男耕女织
敬天祭祖，长幼有序
从此日头像红棉花开
美酒像明江水流

女人，月亮一般明媚
男人，太阳一样刚烈

也可以有一场大雨
把蛙神唤醒
巨蟒和穿山甲正好淋浴
如果是夏天
那些沉默的石头
也可以饱喝一口
而高高的花山崖壁
不惧风雨

稻子黄熟的时候
节日就近了
依旧茂盛的草木
很方便狩猎
选一个月光柔柔的夜晚
把篝火点燃
果子已经甜透

散发着酒香

一个声音来自天上

你们

可以起舞

那个刚刚降生的婴儿

他的啼哭有如天籁

母亲丰满的乳房

指引未来

攀援的力量来洪荒的召唤

鲜血的颜色

用来镌刻一场胜利

或者仪式

且歌且舞

一座古老的山从此变得生动

一片生动的土地从此变得从容

一个民族的历史从此活色生香

· 壮乡锦绣 ·

扯一片云霞把江水染红
采一把鲜花将云朵熏香
当太阳升起
当月儿高挂
这一片五彩壮锦
铺陈在美丽南疆

山是大地的筋骨
也是壮锦阳光的暖色
龙脊上层层梯田
就是四季最美的衣裳
高峻的猫儿山是冬
雄浑的大瑶山是夏
清秀的大明山是春
连绵的十万大山是秋
七百弄、五皇岭、独秀峰

错落其间，长短句一般
让花开的大地诗意盎然

水就是血脉了
红水河、左右江
邕江、漓江、柳江、明江、桂江
流成清晰的脉络
水流的姿势
就是行走的姿势
水流的方向
就是行走的方向
瑶家是边喝边走
壮家是边走边唱
苗家的银饰叮当
侗家的芦笙悠扬

千峰环野立，一水抱城流
只要还有水，花就会开
燕子就会回来

老家的黛瓦屋顶就有炊烟

八桂大地哟

就注定歌声澎湃

· 铜鼓声声 ·

我常常设想
我们古老的祖先如何在劳作之余
铸出这一面面铜鼓
又如何在节日的祭坛上
把铜鼓敲出震天的声响
或者，仅仅是为了庆祝一场丰收
一个新的生命降临

埋在亚热带潮湿的泥土里
金属的烈性被慢慢中和
甚至颜色也变得接近土地
岩石、老树
以及屋顶上瓦片的颜色
但声音却不会改变
永远也不会变

只需要一个瞩目，一声呼唤
鼓面上的太阳纹就会发出光来
青蛙也会鸣叫
让山河、土地、稻田、甘蔗林
披上温暖的色彩
让家园遍地充满歌声

这个民族太喜欢歌唱
必须有鼓声为伴
这个民族需要起舞
只有鼓声才能敲出心灵的颤音
山歌好比春江水
鼓声就是春雷
有歌声的日子越过越滋润
爱铜鼓的民族能翻过最高最险的山

· 梦里花开 ·

当树叶在季节的枝头由绿变黄
当蝉声在午后的阳光下悠然鸣响
所有的心愿都化作初见你时那温暖的一笑
春去了，夏也走，秋意凉
梦的种子被埋进最肥沃的土壤

从此，你我就是农人、渔夫、花匠
从此，岁月就是等待、邂逅、怀想
如果你愿意
我们可以耕作、施肥、撒网
也可以思考、行走、歌唱
最好能拥有爱情
让一切的惊心动魄
都回归平常

诗是一定要有的

那是祖先留下的最美宝藏
月光也是一定要有的
那是穿透时空的地老天荒
让相爱的人牵手
让勤劳的人丰收
让山水更美
让家园清朗
让一条条大道宽阔通畅

这里，有北部湾涛声激荡
这里，有十万山林海回响
这里，有工业城机声隆隆
这里，有美丽乡村鸟语花香
我，有一个梦想
让家园披上锦绣
让人间变成天堂
让幸福的歌声飘满城乡

有梦，才有理想

有梦，才有歌唱

大树可以遮风挡雨

小草能够享受阳光

孩子快乐成长

老人拥有健康

现在和未来的每一个日子

都风调雨顺，天高日朗

今年和来年的每一个时节

都春耕夏种，秋收冬藏

我，歌颂这片土地

因为这是我最亲最爱的家乡

我，热爱每一个日子

因为那里有我最新最美的梦想

让我们举杯，让我们歌唱

祝福祖国万岁

八桂吉祥

（2015 年 6 月）

南宁颂

在北京以南
在黄河长江以南
在雪花和冰河以南
在草原和大漠以南
在湖南以南
在桂林以南
在柳州以南
在北回归线以南
在高挑、白皙和柔美以南

这是有嘉木的南
有红豆的南
有边疆的南
有藤蔓的南
有花果的南

有血性的南

"宁"就是理想了
是一种状态、心境
是胸怀
也是气派
比如宁静、安宁

这么美好的地方
只能叫南宁
叫做南宁的地方
能不美好吗

不知是谁把它叫做绿城
说是树多、花多、草也多
其实绿不绿无所谓
这地方的雨水
注定让万物疯长
恣意、狂野、任性

不分季节
最重要的是人
个子不高但结实
肤色不白但健康
甚至普通话都不标准
但说得真诚
活得舒坦、步态平稳
表情自然淡定

这个地方生长一种植物
叫做民歌
每年民歌开花的时候
就是城市的节日
那些新鲜的调子
是花的香
那些四处赶来的歌手
是采蜜的蜂

这个地方还开一种花

叫朱瑾

硕大的花朵下

是一场盛会

江河从云贵高原流下去

喝同一江水的人

蹚同一条河的人

聚在这里

为一棵叫做"中国－东盟博览会"的大树

浇水、施肥

浓浓的树荫下

坐着十八亿人

如今大道通天

壮乡首府成为山海交汇的焦点

"一带一路"的曙光

映照八桂如歌的明天

邕江水暖

北部湾海天相连

天下民歌眷恋的沃土

阳光和蓝天眷顾的家园
骆越先民留在花山上的那些图腾
敢壮山下悠远的嘹歌
同唱山水相逢
家国梦圆

（2015 年 10 月）

柳州颂

柳州柳刺史
种柳柳江边
有柳，有江
有柳宗元
即便是在唐代，柳州
也是一座让人骄傲的城市

柳树真是一种神奇的植物
北方长，南方也长
躯干那么虬壮
枝条却那般柔软，万种风情
细得都不成样子
到了寒冬
叶子都掉光了
发丝一般的柳条儿，竟然
冻不死

柳州人其实就是
柳树这样的

连柳江
也都流成柳枝一般
千柔百转
江流曲似九回肠嘛
仿佛是哪位书法家
喝多了，斗笔在手
随意那么一挥
一顿一挫
也不管它是楷是草

那些笔架、镇纸
也都还在
只是现在人把它们叫做山

明明是幅字
明明是文人柳宗元

本该舞文弄墨的柳州
偏偏长成了硬朗
机声隆隆的
工业城

开山的有柳工
奔跑的有柳汽
坚强的有柳钢
唱歌的有"金嗓子"
刷牙的有"两面针"
伫立城头山上的柳宗元
看上去不像诗人
倒像是
检阅队伍的
将军

城虽小，但人大气
也像柳树
冻不死，吹不折

春风杨柳是它
依依江水平也是它
如果缺了柳
古人拿什么送别
那些相爱的人儿
如何定下月上梢头
人约黄昏的
暗号

所以，就连吃
也整出别样的风情
比如，螺蛳粉
到了柳州
即便你不吃螺蛳粉
你也一定会听说
那些好看的女孩儿
她们会热情地邀请你
就像刘三姐
遇到唱歌的人

这是一座性情城市

万种风情汇聚

一江春水静流

连石头都堪称天下最美

如今又是花

一朵花

一枝花

一盆花

一园花

一街花

一城花

一花一世界

一树一菩提

因为有柳州

广西人底气十足

（2015 年 10 月）

柳宗元

上学读书就知道你了
背诵课文就认识你了
永州之野产异蛇
苛政猛于虎
后来看见蛇，提到虎
我就想起你
再后来
每次去柳州
都遇到你

你生于公元 773 年
公元 819 年去世
四十七年的生命时光
最后五年留给了柳州

一千二百四十多年前就有你了
唐代是个怎样的朝代啊
那么多的诗人、文豪
在长安
骑马、饮酒、吟诗、看花
朝廷不高兴了
就贬官
你就是这样被贬到永州的
好不容易可以回去了
也不知谁的主意
又将你贬到另一个"州"——
柳州

这其实是柳州的幸运
三月是柳树吐芽的时候
你从长安出发（不知是否骑马）
前往柳州
我猜你心里会想：
老夫姓柳，这回要去柳州

缘分啊

抵达的时候已是六月
柳州很热了
那时柳树还不是很多
柳江穿城而过
南方茂盛的草木
抚慰你一路的寂寞

于是就种树——柳树
江边种，城里也种
你对柳树情有独钟一定是
有原因的
我猜应该跟诗有关
诗人种柳
那是再正常不过了

长安离得太远
家乡山西河东郡也远

这一次

不知何时才能回去

一千多年前

柳州应该没有面食

那时的柳州话应该也

跟京城长安话差别很大

（李商隐说广西"乡音殊可骇"）

你是怎样适应的呢

五年

其实很短，又很长

每一个日子

就像一根根柳丝

冬去了春来

花谢了花开

那些飘飞的思絮

有些关乎庙堂

有些纯粹江湖

忧也好，乐也罢
你和柳州
从此有了一个共同的别号
柳柳州——
你因为柳州得名
柳州因为你得姓

一千多年过去了
柳还在，柳江也在
柳州当然是翻天覆地了
光是江上那么多的桥
就够你诗意大发的
那座最美的桥叫做"文惠"
因文而得惠，柳州人
知道感恩

闲了
就和孩子们一起吟诵

柳州柳刺史

种柳柳江边

......

（2015 年 11 月）

桂林谣

桂林两个字
就是唐诗
宋词
元曲

豪放的是猫儿山
婉约的是漓江水
浪漫的是兴坪月
雁山和阳朔
分明是一阕
声声慢

如果泼上水墨
就是石涛的画了
月照清竹，雨打老树
在米芾膜拜的石头上
刻下兰亭序

山不在高

有仙则名

水不在深

有龙则灵

由这诗句猜想

刘禹锡应该来过

桂林

· 四 ·

贺敬之是把桂林当情人
歌颂的
外国人是把桂林当仙境
游览的
很多人是把桂林当景区
来度假的
而我
把桂林当成一次
又一次最美的
遇见

· 五 ·

湖南吃的太辣
满头的汗
一路南流
红的
是湘江橘子洲
白的
是桂林三花酒

·六·

黄的
当然是桂花了
四季都开
把春夏秋冬都吸入花蕊
任时光发酵
甜的
是漓水谣
苦的
是王城锈

·七·

还有桂林妹

她们只能长在桂林

漓水沐浴

清风雕琢

龙脊上逆天的曲线

闭上眼

你就能看见

她们

（2015 年 11 月）

山之韵

大象很大

象鼻山很小

猫很小

猫儿山很高

小小的象鼻山

是谁遗落的一枚闲章

随手一盖

成就了一幅千秋水墨

高高的猫儿山

就是笔架了

随便一棵银杉

都能在蓝天上书写、画画

其实桂林的山太多了

岂止象鼻山、猫儿山

独秀有些任性
叠彩都算低调
漓江两岸排着的那些
高低错落
随便拿来一座
都是其他任何城市
世界级的
自然遗产

山又有洞
七星岩、芦笛岩、丰鱼岩
洞为什么叫岩呢
时间看不见
但它水做的手
却一直做着一件事
雕琢一个个神奇的故事
并通过那些漂亮的导游
告诉世界

有一天我在阳光下待腻了

就步入洞中

里面很黑，凉风扑面

我猜有很多只蝙蝠

在用耳朵看我

地下水哗哗流动

从来处来

向去处去

我

还是跟在太阳下一样

渺小

跟山比

跟岩洞比

我一点也不在乎自己的

渺小

（2015 年 11 月）

水之歌

水无非几种存在
江、海、湖、泉
除了海
桂林都有

江叫漓江
不深，但清澈
不长，一幅画
水一清澈就不得了了
镜子一般照见许多
回忆也好
天空也好
水底那些摇曳的草、小鱼
它们见多识广
很有礼貌

江与河意思差不多
河又有运河
灵渠就是一条运河
每次到了灵渠
我就想到一个人和一件事
秦始皇
湘漓分派

湖就多了
桂湖、榕湖、杉湖、木龙湖
如果漓江是曲水流觞
这些湖就是一杯杯的酒了
也难怪湖边
那么多的
醉人

还有泉——温泉
水自然柔滑，加上温暖
很多人就愿意投入

泉的怀抱
人体失去温度
生命就没有了
而泉水有了热度
水，仿佛就
有了生命

桂林的水其实还有一种形态
更加迷人
那就是桂林的女人
你能想到的关于水的千般美好
比如春的妩媚
夏的清凉
秋的宁静
冬的温暖
桂林女人
都有

（2015 年 11 月）

味 道

桂林的味道
很多时候其实就是
一碗米粉的味道

那些散淡的日子
是一颗颗软糯饱满的大米
需要耐心浸泡
蒸成米粉，长长的
今天是一碗，明天
是一碗

最好是路旁小店
门外车水马龙，人行道边长着
桂花、石榴、银杏
一对朴素的夫妻

男的忙前忙后
女的烫粉、收钱

秘制的卤汁
是遥远的一个传说
漓江的水
桂花的香
守着红门红窗红绣楼的
老阿婆

辣椒一定要有
而且必须过油
如果你来的时候正值寒冬
你就会知道
如果桂林米粉没有
辣椒
简直就像明星
没有新闻

桂林米粉原本只在桂林
如同桂林人的板路 *
但如今到处都有了
南宁，北京，甚至更远的地方
虽然味道远不正宗
吃的人还是很多

如果我在异乡漂泊
我想我不会寒冷
也不会挨饿
但我会想念米粉
尤其是桂林米粉

顺便就会想起稻田
和炊烟
龙脊的辣椒
漓江的渔火
王城的青砖
碑刻的寓言

这样，桂林这么一座城市
可以轻易打包
装进行囊
只用一碗米粉的清晨
把江湖走遍

（2015 年 10 月）

---

*板路：广西桂林的方言，指桂剧。

六堡茶

·一·

在我与时间无尽的纠缠中
每一次调解
都是一杯茶出面
它说拿起我就拿起
它说放下我就放下
那么多的茶里
六堡茶的次数最多
有时红脸
有时黑脸

· 二 ·

把自己发酵成茶

黑茶

是一种怎样的经验

在茶树上的日子

是多么快乐的童年

云雾中捉迷藏

雨帘中仰起脸

但生命或许需要另一般面目

死去

并且经受种种折磨

为的是

封存一段禅悟

等待雨水或一壶泉

· 三 ·

你就在苍梧
我曾经多次遇见
如今在我古老的陶缸里
你静成志书的一页
我只想捻开其中一片
寻找当年的云雾
那时故乡未老
母亲尚在
我还是个少年

·四·

这时是午后
秋日的阳光耀眼
我烧开一壶水
等蝉声稍停
我们一起
谈谈时间

（2018年6月）

一条路从海上过

原以为
走到海边
路就到头了

不是都说
天涯海角吗

但是自从那艘载了
丝绸瓷器的船，开动
这路就没有尽头了

谁见过海的尽头呢

从北到南
从山到海

从日出到日落
从春到秋
从汉到唐，宋，元，明
丝滑，瓷亮
路长，心事也长
所以目光也长

望不尽天朝日月
望不透潮落潮涨
望不穿思人帘重
望不到何时还乡

帆鼓满
桨泛黄
乡音远
云雾茫

只知来处是北海
不知去向是何方

泪已干
珠渐亮
浣纱女
着新装

点一盏心灯随浪去
唱一段弦歌日月长
潮声远
月光光
丝绕指
人断肠

海上为什么还有路
天为何圆地如何方
板凳有脚不走路
大船无脚行四方

一转眼天就亮了
一眨眼海就平了

一转身你就在了
一辈子在路上了

梦里见到的
眼前都有了
眼前看到的
跟你都说过了

珠还合浦了
月照银滩了

你走了
我来了

北海大了
北海小了
大的能装得下天
小的可随身带走

走就走吧
海上的路还在
目光还在
人还在

那个梦想
也在

（2010 年 8 月）

北部湾放歌

在我心中
深藏着一片海
那是包容，是执着，是宽广
虽不见天苍苍野茫茫
也没有黄土深黄水黄
风吹岸不动
帆去日影长
海上丝路联接五湖四海
天下目光汇聚一湾清浪
赶海的人抬眼望
云帆直挂向前方

在我的心中
深藏着一支歌
那是理想，是爱情，是故乡

是流水的音符
是太阳的光芒
千百次的引吭高歌
千百年的低吟浅唱
海依然是这一片海
浪已不是过去的浪
明月共潮风带水
青云做伴写华章

一样的出发，不一样的远航
一样的旅途，不一样的风光
路漫漫，山重水远
坦荡荡，情深意长
唱歌的人一开口
百鸟朝凤凤朝阳

风，是歌声的翅膀
海，是大船的故乡
风不停

浪就是永远的歌唱

海不枯

潮汐就是不眠的守望

沧海月明

那一颗带泪的明珠

已经在日暖时节

化作山水的辉煌

我们需要远航

去寻找那一轮天边的太阳

谁的梦里

不曾有过牵手爱人

走在季节的路上

任真情相拥

听清风鸣廊

但得一路有爱相伴

不问人生几度秋凉

我们需要歌唱

歌唱这片情深意重的海洋

谁的心里

不曾有过勇立潮头

阅尽人间的畅想

让高山挽手

让大地重光

在这春光明媚的日子

让所有的鲜花散发出

带着露水的芬芳

让河流继续奔腾

让树苗茁壮成长

让激情、欢笑、真诚

汇成一湾海水

汇成新时代最壮美的合唱

（2008年6月）

故乡草木

我决定，用最朴素的方式
歌唱我的故乡

这里有大山大河
有香樟树、苦楝树、杜鹃花
有大瑶山、圣堂山、红水河
它们沉默、流淌
都很朴素

这里也是盘古的故乡
创世的洪流中
葫芦沉浮，兄妹执手
他们流泪、欢笑
也很朴素

从此故乡就一直朴素了

爷爷和奶奶穿着朴素的衣服

操持平常日子

他们生了我的父亲、伯父、叔叔

和七个姑妈

那个叫做凤凰的小山村住着外公外婆

他们喂猪、养鸭

砍下毛竹做成扁担

拿去街上卖

家门口的那条小路上

我常常能够见到

赶集的外公

故乡的语言很朴素

壮话、瑶话、官话、客家话

它们和平相处，一点也不张扬

像门前黄皮树上的果子

金黄，甜香

迁江塔、鳌山庙、蓬莱洲

也不张扬，召集善良的神灵
护佑我的故乡

水稻是故乡最常见的草
它们是故乡最重要的生命
我看见妈妈、姑姑、姐姐
在夏日最酷烈的太阳下，弯着腰
不停地插秧，久了
她们也都长成了
朴素的庄稼

甘蔗是故乡的另一种草
它们负责生长甜蜜
顺便让我的堂哥、堂叔、堂弟
忙碌一年并且有个好的收成
然后陆续把旧的泥土房
改建成楼房
再铺上自来水
通往村里的道路也不再泥泞

所以我一生
对故乡的水稻和甘蔗
顶礼膜拜

乡亲们是故乡最生动的
草木，是的
草木
谁说人非草木
其实人是会说话的草木
能思考、相爱的
草木
也是可以燃烧的草木
所以每次想到故乡
都很温暖

这么多年我离开故乡
但春节、清明、中秋
这些节日总让我回到故乡
在每次填写表格时

籍贯栏里工整地写上故乡
说话的时候用口音保存故乡的密码
生一个孩子，让他传承故乡的
基因

故乡叫做来宾
您是从哪里来的呢
草木是时光的过客
故乡您是谁的宾客呢

今夜，就让我做故乡那棵
被移到城里的香樟树吧
朴素地醒着
用月光和春雨
用微风和蝉鸣
思念故乡

在我朴素的文字之上
人们才可以

像尊敬稻谷一样

尊敬我的故乡

（2015年10月）

客从何来

我们祖先和家乡
真的在那个遥远的中原?

走就走了
为何一个人都没留下
老房子咋办
还有村头大槐树
村前大河和麦田
这一别就是多少年

闽山赣水
用双脚踏遍

汗水和泪水一样咸

好在有阳光、雨水

让乡音一代代繁衍

香樟代替了槐香

稻花代替了麦田

梦里的河水如今是屋后的清泉

呼唤乡愁的

是一种特殊的语言

· 二 ·

这一路走啊
江西、广东、福建
姑婆山青青的身影
是故乡的哪位少年
在这里扎根吧
让枝叶散成繁星
坚固的围屋
守护春天

· 三 ·

子子孙孙

都要牢记自己的祖先

客家人相见的密码

是世界上最奇妙的方言

一个族群的基因

无论多少年

无论走多远

一开口，就如同

在家乡聊天

·四·

用勤劳来形容客家人
远远不够
哪里有客家人
哪里就有行商坐贾
就有学堂书院
唐诗宋词的韵脚
就是他们最日常的口音

·五·

客从何来
其实早已不是问题
你说云彩的故乡在哪里
你说有清风吹过就是春天
你说只要地上有路
走到哪里
哪里就是我们的家园

（2015 年 10 月）

黄姚四意

· 一 ·

是临江仙

也是声声慢

唱黄姚

不宜水调歌头

小桥一句

流水一句

最后一句

放在斜阳里

是大写意
也是细工笔
画黄姚
需要松烟老墨
一泼是春雨
一抹是竹枝
最后的题款
印在月色里

·三·

晴也好

雨也好

四时皆宜到黄姚

春看风吹柳

夏随云逍遥

秋寄一片叶

冬饮炉边烧

· 四 ·

写黄姚

我要把你带上

最好是在小巷的拐角

遇上，那些花啊草啊

都是熟悉的

眼角眉梢

没有长亭短亭

只剩夕阳古道

大榕树下那座鸳鸯桥

（2011 年 8 月）

黄姚四境

· 静 ·

山静，日子也静

叶落地上

鸟宿池边

月上梢头

脚印贴着青石板

静里乾坤大啊

你用雨点轻轻呼唤

我心里就被砸了一万个窟窿

·月·

夜色如幕
月便是心灯
我们从远处来
从前世来
在这里悟盈亏圆满
悟光阴
悟相见和分别
把一块青石板磨平
需要多重的时光

· 空 ·

空巷无人
一棵古榕，中间是空的
一个小镇空的时候
一座城也空了
兵马撤了
繁华散了
我来了
你走了

· 远 ·

桥架起来

路便远了

水流无声

秋天便远了

门吱呀打开

燕子飞远了

我把身子尽量贴近你

因为

离别

不远了

（2020 年 10 月）

茶之怀想

很久以来
一直有一个梦想
带着自己的爱人
去寻找这样一个地方——
那里有青山，有绿水
有晨雾，有朝阳
连微风，都带着芳香
在那里
鸟鸣翠谷，绿染青冈
云在梦里，地久天长

曾经无数次神游这个地方
梯田里翻腾着金黄的稻浪
炊烟漫起，犬吠柴房
兄弟共围炉，把酒话麻桑

多年以来走遍了四方
最想念的还是村前的老井
月下的竹床
还有那一杯
盛满爱和思念的热茶香

无数人记住了这个叫做凌云的地方
山水有情义，儿女仪万方
胸藏青云志，壶抱日月长
朋友来了有好茶
出门在外一身香
一弯流水涵清气
四季和风唱鸣廊
爱在哪里
哪里就是最温暖的故乡
茶在哪里
哪里就有情深意长

这里的人们热爱自己的家乡

笑容像一片片纯净的茶叶
让人心向神往
喝上一杯，神清气爽
白毫清泉，名播四方
高高的茶山铺满翡翠绿妆
草木之间
人与山水同在
千年万年
一道清茶醉倒游子情肠
远怀近想，轻轻的步履
早已写满岁月的沧桑

总有一天我会来到这个地方
走进茶的世界
寻找梦里的新娘
烫一壶清风明月
品一道苦乐华章
在这片好山好水好人好梦的地方
筑一座爱的城堡

和百鸟一起低吟浅唱

春耕夏种，秋收冬藏

用茶的温暖

融化季节的严霜

人生何处不相逢

相逢不能没有茶的坦荡

今宵已醉

忘掉的是愁与痛的既往

来日再聚

相约在美丽的凌云茶乡

路再远

总要记着回家的方向

今天，我们不说干杯

因为茶的情义已长满山岗

今天，让我们放飞茶的怀想

在心里，记住这个叫做凌云的地方

（2009 年 8 月）

越过一万座山去找你

——致河池

天峨是一座山

凤山是一座山

大化是七百座山

都安是千层岭万重山

寻找你

我需要越过一万座大山

水也有

宜州有下枧河

罗城有小长安

巴马有盘阳河

当然

还有红水河

三十三道弯，三十三个滩
一弯一天地
一滩一山川

天造地设的山水
它们都怀有一个目的

如果我累了
我就走不过那座高山
跨不过那条长河
如果我厌倦了
风会把我吹走
像一片树叶
而你始终在一万座山的那一边
长发如瀑
肌肤胜雪

我知道大山的情义
我知道河水的秘密

蛙神曾经告诉我
铜鼓曾经提醒我
站在山上才能高过大山
越过河水才能驯服大河
只有吻住你的双唇
才能听到你
夜的低吟

我无所畏惧
一座山是山
一万座山也是山
一道小溪是水
一条长河也是水
我只当是你的眼眉
你的腰身
你的
嘴

这样，我每一天

醒来

山就在脚下

入睡

水就在梦里

不知从何时起

你就成了我的故乡

我的爱人

成了我笔下

最后的也是最销魂的

妩媚

（2015 年 8 月）

花开如海

当时节的年轮
把岁月的鹅黄染成青苔
当大地的沉静
将草木的荣枯融入山脉
两千七百多年的深情
早已穿越一个又一个朝代
化作天地间茫茫尘埃
而此时，我们依旧坚信
人间有爱
爱大河奔流，江山豪迈
爱盛世如歌，花开如海

这是我们的城市
大江厚土涵养着千年不息的文脉
鸟儿在天上飞

四处奔跑嬉闹的是我们的小孩儿

每一个人的心情

都是一朵鲜花

开放在街道、公园、阳台

花是今天才开的，金黄、艳红、淡紫、纯白

但那花的种子

早在晋唐就播下了

陶渊明东篱荷锄，杜少陵对花感怀

它的根系

紧紧连着宋、元、明、清

七朝都会的沉静与雅韵

养育出花中君子如霜的洁白

这是我们的节日

这是秋天为中华儿女盛典

所做的一个特殊安排

每当这个时候，我们

总会想起诗人，以及他们

满是花香诗句的气派

万里游燕客，十年归此台

只今秋色里，忍为菊花来

还会想起包公、王安石、苏轼

米芾、司马光、岳飞

想起焦裕禄

想起内心里的温暖、喜悦、坚守

责任、牺牲和襟怀

节日需要歌声，需要

鲜花在心头绽开

节日也是呼唤

呼唤那些千年不变的忠义

魂兮归来

花开的时候

茶也醇了，酒也就香了

鸿雁南飞，菊黄雪白

朝饮木兰之坠露兮

夕餐秋菊之落英

带着酒香的花

迷了漫天的雨

染了花香的酒

醉了一城的秋

此刻，只想举起酒杯

邀明月，会古人

为寻常百姓的灯火、炊烟

为江山社稷的兴盛、永年

干一大杯

不说再见

这是一片神奇的土地

中部崛起的鼓声

回响着唐风宋韵的豪迈

今夜，美酒已经开封

花香已经开封

笑容已经开封

幸福已经开封

花一样的儿女们啊

正踏着千年的鼓点
沿着洒满花香的道路走向未来
去创造属于自己的无限精彩
今夜，有朋自远方来
我们不用归隐南山
也再不用对花溅泪
我们都是开封的主人
是忠义传家，是诗书继世
是热情似火，是激情澎湃

今天，是个美好的日子
我们，赶上了一个伟大的时代
历史的机遇，人民的创造
将使这一片土地焕发神采
朋友啊，请记住我们关于菊花的约定
茶香酒醇，有空常来
时节虽有四季，人生难免冷暖
但只要我们勤于耕耘、精心浇灌

心中的花就永远
常开不败

（2012年10月，为中国开封第30届菊花节开幕式晚会而作）

龙 舟

就这样
以水面为纸
以桨为笔
以鼓声为标点
以家国为主题
在江河之上
大写一首五月诗章

注定要荡气回肠
因为每一个字都转瞬即逝
不，是立刻融入血浆
那些求索、牺牲、咏叹
化作青山
立在两岸

注定要抒情婉转

因为斑竹有泪

松柏有殇

阡陌万里

翰墨脊梁

就这样

让一叶轻舟

写龙腾气象

巍巍昆仑风骨

浩浩中国梦想

管它两岸猿声

哪怕山高水长

楚声虽三户

风骚真力量

这厚德的土地

必将开花结果

树高千丈

这千年的龙舟

必将昂扬入水
乘风破浪

（2017年6月）

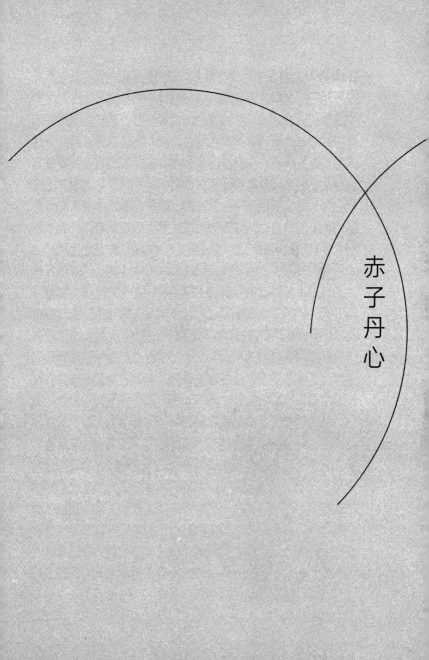

赤子丹心

井冈　井冈

在中国的版图上
这里只是小小的一个地方
高岭成片，林木苍苍
在 1927 年冬日的某一天
也许还下着雨，飘着雪
山道崎岖，夜凉如霜
一个人带领一支队伍
来到这个地方
风很冷，林子里没有一点声响
马蹄声碎，树叶正黄
但注定还有温暖
像秋日里穿出云层的太阳

伟人是后来的
当时他只是一个青年，头发很长

这地方离他的故乡不远
老乡们说话的口音也很相像
累了，先歇歇
回头肯定还要打仗
他们走到一个叫三湾的地方
这里背山面水
四处长着高大的香樟
村头还有几棵枫树
像是立着的一道岗，警惕守望

村子里的房子
都很老旧了
四面，围着黄泥糊着的斑驳外墙
唯有一间杂货铺
每天夜里都闪着灯光
一群人在这里开会，抽烟，争吵
不知道明天，队伍会怎样
最终，还是长头发的高个子青年发了话
他为这支穷人的队伍

确定了一条生命线
叫做
党指挥枪

有一天，村里来了个姑娘
高高的个子，双眼明亮
后来人们都说
这是山里最美的女子
她的名字传遍十里八方
那么娇媚的女子
居然两手能使双枪
她看见了他
也看见了一支从没见过的队伍
再后来，她走近了他
也走进了这支队伍
两颗心越来越近
再难的日子也有笑容
最重要的是内心里有一个共同的信仰
就这样，在那栋叫做八角楼的房子里

她，成了他的新娘

井冈山到处都是林子
像黑夜布下的一面墙
或者是，成片立着的枪
林子里也夹杂生长着花草
杜鹃就是山上最美的衣裳
他和她
以及他们的队伍
在林子里暂时安家
日子像山泉水
无声流淌

有两个汉子必须说说
这山上原来只有他们的武装
叫他们什么的都有
绿林好汉，山大王
自从结识了一个人
一支队伍

他们的名字
后来在一段历史里
成为传奇，令人感伤
袁文才、王佐
在博物馆里
我第一次看见他们的长相
黑白照片早已模糊
但黑与白
还是很容易判断

王佐的家乡很美
小小村子，背靠绵延大山
一条小河从村前流过
水墨画一般写意，清凉
田地里庄稼变换着表情
春绿，秋黄
现在当然依旧很美
他的后人
就在老屋旁开了间饭庄

墙上四个大字：王佐家宴
远远就能看见
天南海北的人来到这里
大声说话，大杯喝酒
偶尔抬头
看见王佐就在墙上

再后来就是黄洋界了
其实黄洋界就是一个山头
守住这里
就守住了队伍的生命线
炮声于是一直响到了今天
壕沟也还在
只是没了硝烟
游人如织
多少年过去了
弹指一挥间

终于下了山

不知是否有雨，花开还是不开
前方的目的地叫瑞金
那片土地还有个洋气的名字
苏维埃
现在我们当然已经知道
其实早就知道了
他叫毛泽东
她呢，叫贺子珍
他们的队伍叫做红军
瑞金其实不大
城外还有个村子，叫沙洲坝
那里有一口井
井水很凉
七十多年过去了
现在一喝水就会想起
小学课本里的那句话

这里的乡亲说的方言
叫做客家话

说客家话的人当然就是客家人了

很多后来成了伟人的人

都是客家人

客家人吃苦耐劳

宁卖祖宗田，不丢祖宗言

再后来就要赶远路了

有多远啊，谁也不知道

反正就是跟着走

村口，早早站着一位唱歌的姑娘

一送里格红军介支个下了山

秋风里格细雨介支个缠绵绵

一唱就唱到十送红军

那些客家话方言的衬词

像家乡小河里的卵石

躺在水里，沉在心上

歌好唱

这一路不好走啊

五次"围剿"，血染湘江
遵义会议，四渡赤水
雪山草地，野菜当粮
一路下来
苦难锻造奇迹
信念铸就辉煌

再回来已经是三十八年过去
绿了翠竹，醉了香樟
歌声乍起，诗海画廊
世上无难事
只要肯登攀

今天我们来到梦中的井冈
青松挺立，林海如浪
高路入云，天街熙攘
华灯初起，歌声嘹亮
讲那过去事情的导游
是个 90 后姑娘

青春的笑容像早晨的太阳
太阳一般的
还有我们的初心
青山不改，树高万丈
热血浸染的是这片深情的土壤

啊，井冈
井冈

（2011年4月25日）

那个人

那个人离我们越来越远了

身影越来越模糊

连他的家乡方言

都慢慢变成了标准普通话

只有国字脸（真正的"国"字号）

中山装

曲在身前的手臂

左胸上的徽章

还有西花厅和海棠

越来越清晰

每年这个时候

天都很冷

到处大雪压青松

青松挺且直

这个时候不能不想起

大山巍峨，长河奔腾

燕子声声里

相思又一年

（2018年3月5日）

您还在

——悼袁隆平

您走了，可是您还在
看见大地
我就看见您的脸
看见江河
我就看见您身上的汗水
看见水稻
看见弯腰的稻穗
我就看见您
看见这世间最美的开镰

您就是一株稻谷
您属于厚德的水田
有阳光就灌浆
有雨水就分蘖

您是一粒谷子
也是一碗米饭
您是劳作一生的农人
是这世上最长的挂念

您走了
像刚刚收割的稻田
您还在
只是颗粒归仓
福泽人间

（2021 年 5 月 22 日）

一滴水回到河流

——悼黄文秀

像一粒珍珠，芒果的形状
太阳照耀下熠熠闪光
你想挂在母亲的胸前
在父亲的目光里融化
或者回到山上
回到满山的芒果树上
随收成的汗水
共同孕育
甜蜜和梦想

像一颗星星，挂在美丽南方
照看天坑、峰丛和晒场
让牛羊看见
回家的方向

有月光的夜晚，就轻声歌唱
那颗温柔的绣球
藏着幸福密码
一次一次
你往返于山水之间
像一株安静的高粱

那些艰难的过往
有如六月蝉唱
大树是最后的荫凉
裸露的砖墙写满磨砺
再长的夜晚也阻挡不了天亮
家门口的这条河
看着你南归
北上

都说女人是水
你就是那一滴琼浆
弱水三千，千万里江山有你

沧海桑田，你在巍巍山川之上
你是一滴水
你是水滴里照见的太阳
你已回到河流
回馈壮美的故乡

只要大地上还有江河
只要江河水还在流淌
你就是江河
你就是流水
是天地间
最美的歌唱

（2019年6月20日）

芳华路上

——致敬张华同志

故乡也有大山

也是这样挺拔的脊梁

故乡江河流水

也像漓江一样，清澈透亮

甚至，连树都长得一样

你最喜欢的，是桂花和香樟

其实你就是一棵树

开花，生长

生命的年轮镌刻时光印记

在新长征路上

绿军装穿了十一年

男儿青春奉献给祖国南疆

硝烟从岁月深处飘来

呐喊声从塔山传来
听党指挥早已成为信仰
化为血浆
那年，桂花开了
满城金黄
你握住一个人的手
心里想着幸福无非就是这样
直到地老天荒

是战士，哪里都是疆场
脱了戎装，使命依旧扛在肩上
这地方盛产绣球
歌声像山泉水流淌
但乡亲们还不富裕
迎接你的是热切的目光
你军人的步伐踏平山路
你亲切的笑容暖人心房
风一程，雨一程
星星陪伴你

山高水长

你是军人，是一杆永不褪色的钢枪
你是共产党员，初心不改，永远在路上
一腔赤诚，化作战旗飘扬
万分不舍，何分他乡故乡
最美绣球，献给永远的新娘
清风两袖，是留给儿子的最大宝藏
你是一支歌
是长留山水间的夏日清凉
你是一棵大树
倒下了还在生长
一年又一年，开花，结果
生生不息
芳华绽放

（2019年7月29日）

想象一位英模家属的日常

早上起床
看着丈夫洗漱，出门
她一定在心里祈祷
下班的时候，他还能回来

最好，这一天都没有任务
不，这一周，一月，一年
都不要有任务
夜里他的手机不会突然响起
白天不会突然给她打电话
说今晚不能回家了
不会连续几天
看不到他，又不敢看电视新闻

哪里有人放鞭炮

嘭的一声都让她惊心
这世界没有炸药该多好
哪怕他从此失业，无所事事
每天在家拖地，在小区晒太阳
陪孩子散步
都是最好的时光

那身防爆衣，那么沉重
穿上，和死神就隔一层衣服
多么希望好运永远都在
让他在那个恐怖时刻
到来之前
把索命的线剪断
然后卸下装备
露出疲惫的脸

眼睛还是亮亮的
手在，脚也在
还有身下的花草和尘埃

一切正如他说过的那样
每次都全身而退

这个"全身"
是母亲的全部
妻子和女儿的全部
是家的全部，也是
平安的全部

他叫张保国
这个名字她琢磨了一辈子
到最后，他每次出门
她只是看着他的背影，轻唤一声：
保国

（2019年10月22日，在韶山听公安一级英模、排爆英雄
张保国讲述他自己的故事有感）

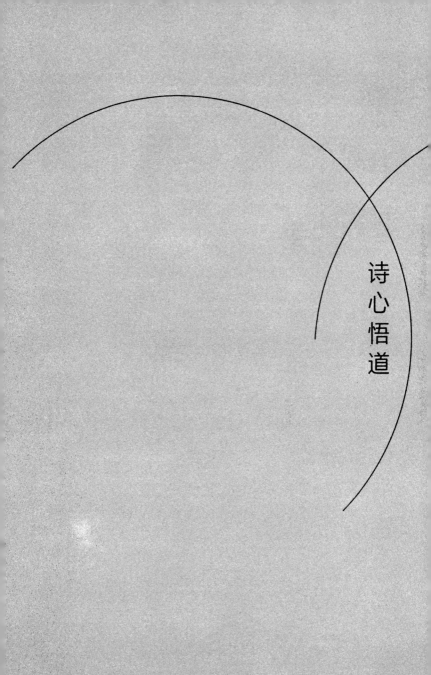

诗心悟道

在江边筑一座城池（组诗）

·少年山水·

山的童年太遥远
远到记忆尽头，甚至时光尽头
不像树，即便是千年老树
我们也可以从一片新叶
窥见它的青葱
河水和山一样
哪怕是运河
如今都老得不成样子了

它们少年的模样无人知晓
比如眼前这山
不高，刚刚超过炊烟
山下的河水不宽，也不深

每日欢快地流，看得见鱼虾
和水底的石子
水边浣衣的人
只需要把裤脚挽起
露出小腿
日子便哗哗往前流
牧牛的孩子一撒欢
就把自己变成少年山水

我那时渴望长大
能轻易翻越山顶
横渡任何大河
那时总觉得山太无趣
一动不动
不笑不嗔
当时还不知道
这是一种可贵的品质

山水最终还是长大

不再少年
山愈加沉默，水越流越远
我是在接近年老的时候
才意识到它们已经变老的
于是感叹、惋惜，逢人便回忆过去
山名松山，水叫莲花
山水之间那个村子
叫新桃

每年春天
我都要回一趟老家
给那片山水
过一次生日

· 生如芦苇 ·

属木，但五行缺水

知道认命，又心有不甘

与一条河纠缠不休

流水走啊走

我不走，随风摇摆

拔节长高

生出妖娆的花

标榜纯洁

从没想过，能不能

移到山上

晨昏之间俯视山河

那年藏起来的船

就让它暴露吧

再不走，码头都荒芜了

岸上牧牛的少年

扔过来一颗又一颗石子

他目中无苇
我决定就让他和芦苇一起成长
弯下腰，在夕阳里
摆摆手
把芦花开到天上
变成云朵

· 在江边筑一座城池 ·

山是可以搬走的
不知道江水能不能迁移
过了这么多年才知道
誓言很不可靠
我想让这条河蜿蜒而过
让河里洄游的剑鱼
记住在这里产卵，繁殖

岸边长着苦楝
更多的是甘蔗
这两样东西让人爱恨交织
我用苦楝木精心打制一只箱子
带着它行走江湖
装下那些年所有的回忆
刷的油漆是金黄色的
你远远就能看到

甘蔗就用来榨糖

雪一般的白砂糖

可以吸引蜜蜂

秋天里河水变得清澈

能照见你的眼睛和长发

我们的城堡

已经慢慢筑起

我后来迷上了江水

约好一群飞鸟

在清晨鸣叫

看见白糖会想到我们的城池

还有一座山，山上的庙宇

那片林子

冬天也很温暖

我们的自行车穿过农贸市场

和一个旧操场

现在，我记起了和剑鱼的约定

要跟河水叙叙旧
你就穿那件风衣
坐在黄色木箱子上
安排些生活琐事
偶尔抬头笑，纵容我
凌空撒网
杯中捕鱼

· 一条大河 ·

平躺就是站立
表达对土地的情意
用清浊两种表情
表明态度
一步迈出便不再回头
抬首是高峡平湖
开唱是壶口涛声
低头是飞流直下三千尺
只有决堤或是封冻
才为世间留下
罪与恕的注释

· 水面升起　石头下沉 ·

——兼记大藤峡

河水在下游的窄处

被拦住，于是咆哮狂怒

像人生气的时候血压升高一样

它把水面升起

把山变矮

将老码头淹没

流水的面目清晰可辨

石头悄然隐没

像是被水里的白云驮走

去造访终年积雪的地方

正在抽穗的玉米

只来得及看一眼夕阳

便沉入水中

水底村庄的人们
依旧该劳作的劳作
该出门的出门
他们化身成鱼
像从前的牛羊
成群结队，日落而息

· 做一条善良的鱼 ·

如果可以选择
我愿意做一条鱼
游走江湖
把洄游当成信仰
至死不渝

诱饵随处可见
对此需要足够警惕
垂钓的人诡计多端
他们有足够的耐心
枯坐一日并非只为
读一页河水

选择好看的水草
栖息，并对其中某一株
表达敬意

毕竟并非所有的植物
都愿意回到水里
保持逆流而上的状态
告诉水面航行的船只
哪里有最险恶的礁石

做一条善良的鱼
线条优美，鳞片结实
在江河泛滥的年代
也绝不随波逐流
哪怕在最深的水底
也能数出故乡的节日

（2020 年 6 月）

那险峻的地方是我们的日常

码头，雾气未散。我们寻找
一艘大船，有双人客房，阳台
可见江水，听得到
两岸猿声。这船将要带着我们
顺着夏天的流水
去看时光的模样

像以往的每一次远行一样
拂脸的风，清凉
它们吹散你的头发
这次还让我们的影子
在地上晃，山上的日头
迅速隐没。地图上圈点过的
地方，一一放大
人渐多，树拔地而起

远处的钟鼓
用方言叙说晨昏

夜里我们就凭栏相拥，十指相扣
聊一部电影和长得
并不好看的男主角
水天一色，少年遁入暗黑
包括初见
公园的草地和长椅
你的牛仔裤和山上盛开的
杜鹃

岁月有点慢。赶不上流水
船开足马力，想在黎明之前
到达一座山。停靠
我们不用赶，我们的时间还在
眠中。有人用长篙在水面
试探，深不见底的秘密
点点浮出

直到月色铺开

你把目光从笔架山收回

说，我们的字

越来越像了

其实日子也越来越像

汤越来越淡，茶越来越浓

船行在

柔软和风浪之上

（2019年3月）

我相信

伤痕累累的土地

野花一定会开

黑夜的尽头

黎明一定会到来

沉默的钢轨

有列车驶过

年老的故乡

会变成青春的山脉

想念一场雨

邂逅一阵风

在天空中写一首诗

让巡航的鹰

南来的雁

高声朗读

趁天气晴好

晾晒爱情

我相信这些美好的东西
也相信不美好是另一种安排
我相信你
相信握手的力量
拥抱的温暖
相信鞠躬的谦卑
那时我们的世俗的脸
将与大地平行

（2018年1月1日）

我愿意

我愿意留在此地
与山河对饮
不再挽留
那美好的时光和
时光里的美好

我愿意走向远方
与风雪同行
不再抛下
那行走的温暖和
站立的骄傲

我愿意一个人
耕读渔樵
写一首散漫的诗

用方言朗读
那些久违的词语
像失散多年的兄弟
任莺飞草长
看月朗天高

我愿意回忆
父亲的自行车和
有黄狗的山道
1990 年秋天
母亲的疼痛和
电报
午夜的街头
眼泪在奔跑

我愿意作为诗人
让清风入怀，白云在抱
用深藏不露的一切
塑造崇高

那些卑微的念头
敢于在早晨苏醒
暗夜的天空
有星光照耀

最重要的
如果你是朴实的农人
我愿意
融入这厚德的土地
长成一棵
春天的青苗

（2019 年 1 月 1 日）

我看见

我看见天空，云朵静默
我看见树林，枝叶婆娑
那些看不见的
翩翩起舞
在过去与未来之间
点一场山火

我看见故城，雪花飘落
我看见远山，鸟儿飞过
那些看不见的
正在看我
在坦荡与污浊之间
像一枚青果

白日里看见未来

亮亮的，有着清白的骨骼
黑夜里看见历史
沉沉的，有村庄被淹没
在白日与黑夜之间
我看见
一个个熟悉的影子
一闪而过

典籍里的王朝更替
书画上的壮美山河
消失中的家园印迹
疲惫了的鼓乐弦歌
酒的奔涌茶的起落
风中草木低首
雨后蚁群聚落
天健地坤阴阳交合
这混沌的世界自有分说

直到一切都看不见了

然后才能真正看见

眼泪的形状

落日的倒影

心跳的声音

人海中的你我

我听见

我听见魔鬼的狞笑
也听见天使的歌声
我听见大风的狂吼
也听见小草的低吟
我听见远方的呼唤
也听见内心的坚忍

世界上有太多的声音
扰人心神
人世间有太多的诉求
要发出声音
即便是沉默如山
如今也不再沉默
即便是喧嚣如潮
如今更是变本加厉

每天在声音里行走
我都忘了
自己也有声音
自己就是声音

我听见杜甫的声音
他说八月秋高风怒号
卷我屋上三重茅
我听见苏轼的声音
他说大江东去
浪淘尽千古英豪
我追着声音跑
在声音里沉醉，倾倒
也在声音里烦躁，苦恼
有的声音穿着好看的外衣
它要灌进我的耳朵
让人无处可逃

我喜欢听雨水从屋檐滴落的声音

喜欢风吹过树林发出的声音
喜欢小孩子牙牙学语的声音
喜欢母亲在灶房忙碌的声音
喜欢年轻人在球场上奔跑的声音
春天冰河解冻
夏天蝉鸣悠扬
秋天雁叫长空
冬天雪落荒野
这些声音，滋润我的听觉
喂养我的良心

有的声音变成了文字
有的声音变成了歌曲
有的声音戛然而止
有的声音被埋进土里
大部分的声音
早已随流水远去

我最愿意听见的

其实是你的心跳

和新年夜里下的

第一场雨

（2021 年 1 月 1 日）

让我们歌唱爱情

让我们歌唱吧
歌唱爱情
在今天这个阳光明媚的日子
大声地
歌唱爱情

我们已经很久不这样
歌唱了
很久不再回忆
少年时那副苹果般的笑脸
我们穿行都市
从一种庸俗
抵达另一种庸俗

其实，面对爱情

我们还是会感动的
我们会羡慕一个人
被囚禁一生
但始终有爱人相伴
即使只能隔海遥望故乡
即使只能在梦中
冥想曾经的金戈铁马
但爱人就在身边，爱情伸手可及
我们甚至会想
他真的幸福

所以我们需要歌唱
大声地歌唱爱情

从青春的热吻拥抱
到暮年的牵手黄昏
从出门时牵挂的眼神
到晚归时欣喜的微笑
从月光下似水的柔情

到风雨中的相携相依

爱情穿透岁月

让我们铭记生命的美妙

让我们歌唱爱情吧

大声地歌唱爱情

因为有太多的迷惑

欺骗我们心灵的旅程

甚至以为

这个时代已经没有

真正的爱情

其实只要歌唱

只要回想那一场突如其来的雪

以及深夜里穿过城市的

最后一班公共汽车

只要想

那一位出现在视线之内的红衣少女

她的长发还滴着晶莹的雨珠

我们就会怦然心动
会想起
最初的爱情

其实我们都渴望爱情
像野草渴望遇到甘霖
我们怀想着世界上最美的地方
都留下我们与爱人牵手的身影
如果是独自一人
则总是找不到
梦里曾经的那一片风景

我们用广告征求爱情
用目光寻找爱情
用短信试探爱情
用身体挥霍爱情
却轻易忘记，或从来没有
用诗
歌唱爱情

我们忘记的东西
太多了，而该忘记的
却没能忘记
一年一年，一日一日
生命的激情像日历一般
被一页页撕下
久别重逢的期盼
早已失去敲击心灵的声音

当爱情终于像水一样
流过心里
流过高山、峡谷，或是
平坦的土地
涵养春天，滋润旅人
我们会渴望一场严寒
把鲜花的芬芳、大树的坚定
连同与爱人的拥抱
都凝成静止的风景

然后等待

等一场久违了的完美的风暴

酿成蓄谋已久的海啸

等我们的心

终于按捺不住狂跳

用生命最后的热量

歌

唱

爱

情

（2009 年 3 月）

逆流成河

——写在庚子春节

这个时候

草木还来不及萌动

花蕾正在酝酿春色

一场寒流

迎面袭来

本来该团聚的

被迫分离

本来该举杯欢庆的

不得不戴上口罩遮住口鼻

故乡近在眼前

车票握在手里

亲人望眼欲穿

所有的人瞪大了眼睛

在过一个刚刚来到

又仿佛早已远去的年

这条大江
从青藏高原上来
从远古走来
在这里遇见黄鹤
留下过孤帆远影
两岸猿声
眼前有景题不得啊
风樯动，龟蛇静
雾锁寒江
多少华夏赤子，热血儿郎
义无反顾，正逆流而上

严冬过后本来是春
但这个春天我们迎来寒流
除夕之夜本应万家团圆
但这个春节我们各自坚守
上大学的子女回来了

打工的父母回来了
出差的同事回来了
旅行的朋友也回来了
回来又是远去
团聚变成分离
这个每逢佳节倍思亲的民族
偏偏在最隆重的节日
遍插茱萸
严防死守

我们历尽艰辛
刚刚摆脱贫困，踏上全面小康的门槛
我们励精图治
正在描绘蓝图，行进在民族复兴的路上
突变的风向压弯船帆
险恶的暗礁露出狰狞
一条大河波浪起
风吹芦花飘两岸
这原本美丽的土地

朋友不能欢聚，佳节少了美酒
看不见的敌人
让我们又拿起了猎枪

但是，这个世界上
没有任何力量能阻挡
我们的脚步
1998 年的洪水不能
2003 年的"非典"不能
2008 年的地震不能
这一次，2020 年的疫情
同样不能
因为我们有迎难而上的勇气
有愈挫愈勇的秉性
虽九死而不悔
历千劫而长生
打不垮、砸不破、吹不散
是东海那轮穿云的日
是三峡那声拉纤的号

多少人挥别亲人，逆流而上
白衣飘飘，信念成河
多少人举起右手，逆流而上
红旗猎猎，意志成河
这厚德的土地
爱和温暖成河
梦想和歌声成河
也必将迎来
春光无限，花开成河

我们，逆流而上
热血成河

（2020 年 1 月 30 日）

我写下的每一个字都是星火

祖先结绳记事

记下一个古老中国

他们钻木取火

点亮巍巍群山、浩浩江河

他们尝百草，铸青铜

留下一个钢筋铁骨

堂堂正正的大中国

韦编三绝

每一卷都散发着虚怀和正直

纸笔墨砚

每一样都蕴藏着刚强与柔韧

黄鹤楼头

白云千载空悠悠

大江东去

沉舟侧畔千帆过

我就是这样的文字喂养长大的
我就是在龟蛇锁大江的地方
看见一座城市的魂魄的
武昌、汉口、汉阳
每一个笔画里
都藏着一段历史，一部典籍，一个故事
今天更是一双眼睛
满含泪水
凝望这蒙难的家园
风浪里的中国

我写下的每一个字都是星火
我要燃一片荒原
照亮故土山河
我要撕一角夜空
为这个春天留下传说
我要为你写一首诗

书写白衣飘飘的身影
歌唱凌寒怒放的花朵

我的文字终将燃成大火
烧灭阴暗、险毒和邪恶
让光明回归光明
让英雄不被冷落
让这个春天成为难以磨灭的记忆

让我们一起高唱
一条大河波浪宽
风吹稻花香两岸
这依然，注定，永远是
美丽的祖国

（2020 年 1 月 31 日）

242

后记

诗意的另一种呈现

现代诗如果要分类，可以有很多分法，比如口语诗、叙事诗、抒情诗、意象诗，等等，依据的是作品呈现的方式、手段等。还有一类，被称为"朗诵诗"，这类作品适宜朗读，用声音的方式呈现。读者欣赏诗歌，一般通过阅读，靠的是眼睛。当一首诗以朗诵的方式呈现，受众则主要通过听觉完成接受。当然，这并不妨碍读者像阅读其他诗歌作品一样，对朗诵诗进行阅读欣赏。也就是说，有的诗更适宜阅读，而有些诗，既可阅（视），亦可诵（听）。

古诗是无所谓朗诵不朗诵的，所有的古诗作品都可以吟诵。宋词元曲则因为是为唱而作，更加明白晓畅，节奏分明。

现代诗如果要作为朗诵诗，则需要作者在写作时，顾及朗诵的特点，比如形象性、抒情性、语词的音韵节奏、句子的长短参差等。如果是为晚会或演出创作的朗诵诗，还要注意突出主题、融入节目整体等。

收入《新时代颂》的作品，绝大部分是朗诵诗，而且在各种演出活动中朗诵过。作品的创作时间是 2008 年至 2021 年，所有作品都在媒体公开发表过，有的被选入个人作品集出版。

我写朗诵诗，纯属偶然，在大学时创作过一些作品，当时并没想过要用来朗诵。《明天我们毕业》是我大学毕业前（1988 年）写的，发表后直到现在，仍在各种晚会上被朗诵，还被当作经典收入《中国朗诵诗经典》（上海百家出版社 2009 年出版）一书。2008 年，广西壮族自治区成立 50 周年。按惯例，要有一台隆重的庆祝晚会。有一天，我跟几位文友小聚，晚会的总导演张仁胜也在。席间，他提到演出需要一首主题朗诵诗，但一直没找到合适的人来写。我当时心里动了一下，就问："我来试试如何？"张老师看着我，停顿两秒后半开玩笑说："你可以试一下，但我有话在前，我有不用的权利。"我说："当然，您是导演嘛。"后来，我很快就写出了《奔》（这个题目也是张导定的）。在自治区五十大庆晚会上，这个节目很出彩，受到各方好评。

接着第二年，也就是 2009 年，正值百色起义、龙州起义 80 周年。在纪念活动中，有一项由总政歌舞团担纲的文艺演出，张仁胜老师是执行导演。因为有之前的合作经历，他让我给演出写一首主题诗，于是就有了《山河铭记》。在百色正式演出时，朗诵这首作品的是著名演员温玉娟和林达信。他们精彩的二度创作，让作品大放异彩。

从那以后，我又陆续给一些重大的演出活动写过主题诗。与此同时，我一边坚持日常创作，一边坚持写朗诵诗，保持对时代和现实的密切关注。2012年11月，党的十八大胜利召开，观看完大会开幕直播盛况，我心潮澎湃，激情难抑，写下《新时代颂》。2019年6月18日，"时代楷模"黄文秀在连夜赶回扶贫一线工作岗位的途中，被山洪冲走，不幸遇难。我在6月20日写了《一滴水回到河流》，表达对她的颂扬和悼念。这首诗后来被百坭村委打印装裱，挂在办公室墙上。2020年春节，突如其来的新冠肺炎疫情袭击武汉，全国人民在党中央坚强领导下，众志成城，同心抗疫。作为一位文学工作者，我创作了《我写下的每一个字都是星火》，作品发表后，在电台和各种自媒体广泛传播，产生了积极影响。

"歌诗合为事而作"。作为诗人和文学工作者，为时代放歌，为人民立传，为丰富而深刻的社会变革留下文学表达，这是责任，也是义务。过去有一段时期，报刊上相当一部分主题诗歌作品的文字是"口号式"的，缺乏诗意，加上朗诵者喜欢用程式化的"朗诵腔"演绎，导致读者对所谓的"朗诵诗"倒了胃口。事实上，好的朗诵诗，首先得是一首好诗，具备好诗应该有的要素，既要主题鲜明，又要体现真情实感，有大河奔涌，也有静水深流。

2016年，我出版了第二部个人诗集《八桂颂》，直接以"颂"入书名，表达我对广西这片土地的热爱和赞美。同样，《新时代颂》则是我对这个时代的个人记忆以及情感表达。

关于诗歌朗诵，我曾经做过若干归纳：不是所有的诗歌都适宜朗诵；朗诵者常见的毛病是用力过猛；朗诵成功的前提是准确理解和把握作品；节奏和语调的变化能显示朗诵者二度创作的能力；书法有"密不透风，疏可跑马"之说，朗诵也是，快的时候如疾雨打叶，慢的时候如钟乳石滴水；不必过分追求字正腔圆，声音的个性很重要；"朗诵腔"让人不舒服的原因是"作"。这是我从诗人和听者的角度，对诗歌朗诵的个人理解和期待。朗诵是一门艺术，需要朗诵者具备综合能力。

感谢广西民族出版社。《新时代颂》能够出版，得益于出版社领导的精心策划与大力支持。本书编辑过程中，编辑梁秋芬、葛智星付出了辛勤劳动。在此，谨向所有为本书出版做出贡献的人，表示诚挚的感谢。

感谢广西文艺评论家协会主席、著名评论家容本镇先生为本书精心撰写序言。容本镇先生是我大学时的写作课老师，如果说我在创作上有那么一点成绩，那这个成绩离不开容老师以及其他老师的关心和培养。在未来的工作和写作中，我唯有继续努力，不断攀登。

我还要感谢那些在不同场合朗诵过我的作品的人。是你们的二度创作，让我的作品有了另一种呈现，将诗意和感动传达给更多的人。

石才夫

2021 年 5 月 18 日

图书在版编目（CIP）数据

新时代颂：石才夫朗诵诗选／石才夫著. —南宁：
广西民族出版社，2021.7（2023.5重印）
（中国多民族作家作品系列）
ISBN 978-7-5363-7498-0

Ⅰ.①新…　Ⅱ.①石…　Ⅲ.①诗集－中国－当代
Ⅳ.①I227

中国版本图书馆CIP数据核字（2021）第123610号

中国多民族作家作品系列
新时代颂——石才夫朗诵诗选
XINSHIDAI SONG——SHI CAIFU LANGSONG SHIXUAN

著　　者：石才夫
出 版 人：石朝雄
责任编辑：葛智星　梁秋芬
装帧设计：张文昕
责任校对：孙　书　曾杨月
责任印制：梁海彪　张东杰
出版发行：广西民族出版社
　　　　　地址：广西南宁市青秀区桂春路3号　邮编：530028
　　　　　电话：0771-5523216　　　　　　传真：0771-5523225
　　　　　电子邮箱：bws@gxmzbook.com
印　　刷：三河市嵩川印刷有限公司
规　　格：787毫米×1092毫米　1/32
印　　张：8.25
字　　数：171千字
版　　次：2021年7月第1版
印　　次：2023年5月第2次印刷
书　　号：ISBN 978-7-5363-7498-0
定　　价：49.00元